中国民间故事丛书

牧人与雪鸡

祁连休 主编

河北出版传媒集团
河北教育出版社

图书在版编目(CIP)数据

牧人与雪鸡 / 祁连休主编. -- 石家庄：河北教育出版社, 2023.2
（中国民间故事丛书）
ISBN 978-7-5545-7161-3

Ⅰ.①牧… Ⅱ.①祁… Ⅲ.①民间故事－作品集－中国 Ⅳ.①I277.3

中国版本图书馆CIP数据核字(2022)第146108号

牧人与雪鸡
MUREN YU XUEJI

主　　编	祁连休
策划编辑	郝建东
责任编辑	马海霞　张亚楠
封面插图	李　奥
内文插图	李　奥
插图顾问	祁春英
装帧设计	李　奥　边雪彤
音频录制	朱静依　李　响
出版发行	河北出版传媒集团

河北教育出版社　http://www.hbep.com
（石家庄市联盟路705号，050061）

印　　制	河北新华第一印刷有限责任公司
开　　本	880mm×1230mm　1/32
印　　张	6.875
字　　数	118千字
版　　次	2023年2月第1版
印　　次	2023年2月第1次印刷
书　　号	ISBN 978-7-5545-7161-3
定　　价	29.00元

版权所有，翻印必究

致小读者

亲爱的小读者,我们的祖国是一个历史悠久,幅员辽阔,民间文化十分丰厚的多民族国家。千百年来,民间流传着许许多多优美动听的故事,它们多彩多姿,各具特色。我们奉献给大家的这套中国民间故事精选,分为《阿里和他的白鸽子》《牧人和雪鸡》《神秘的泉水》《日月潭的独木舟》四册,总共收入一百二十多篇民间故事。通过这些作品,可以窥见我国民间故事宝库的风采。

这些民间故事内容广泛,思想意蕴比较深刻,富有哲理性。例如,颂扬圣人孔夫子襟怀坦荡,知错能改的《孔子改错》;称赞鲁班善于启发同行,潜心发明创造的《鱼抬梁和土堆亭》;描写小伙子阿里乐于助人,敢于担当,因而获得爱情与幸福的《阿里和他的白鸽子》;褒扬团结互助,对抗邪恶,最终制服母猪龙的《雕龙记》;赞美糖枣儿人小志大,为保卫家乡奋不顾身的《糖枣儿》;等等。书中的故事都能够一次次触动读者，给读者以启迪、教益和激励。

这些民间故事，情节曲折有趣，形象鲜明，艺术性强。例如，讲述具有神力的雪鸡让贪婪凶恶的女人不能得逞，帮助穷苦牧人过上了好日子的《牧人和雪鸡》；揭露皇帝想害死淌来儿，派他去取太阳姑娘的金发，他沿途不断解救别人，皇帝最终受到惩罚的《淌来儿》；赞美神藤老人热心扶持孤儿那琼，使其过上幸福生活，并且惩罚了贪婪霸道的帕公爷的《神藤》；称颂鸡蛋、青蛙、锥子、剪刀、牛粪、碌碡，同情老阿奶，联合起来一起消灭妖怪的《求救的老阿奶》；等等。书中的故事无不引人入胜，给读者带来欣赏民间故事的满足感和艺术熏陶。

这些民间故事五彩斑斓，富有浓郁的地域风情。例如，叙写雄合尔老汉的三个聪明儿子雪夜追盗，凭着蛛丝马迹准确判断出偷牛贼的各种特征和家庭情况，受到汗王夸奖的《三个聪明的兄弟》；讲述老公公在神秘的泉水里得到许多宝物，朋友要骗走却没能得逞，国王想夺宝照样遭到惨败的《神秘的泉水》；称颂少年英雄奋不顾身保卫家乡，为了斩除九头毒蟒流尽最后一滴鲜血的《石良》；描绘五个猎人在日月潭制作独木舟，捕获白鹿，回家时受到全村社热情迎接的《日月潭的独木舟》；等等。读者在欣赏作品时，可以饱览天南地北的山川风貌，领略不同地域的民情民俗，更加热爱祖国，珍惜各民族团结。

这些民间故事，富有想象力和趣味性，在读者眼前展现出千奇百怪的动物世界：讲述弱小的墨鱼征服横行霸道的鲸鱼的《鲸鱼和墨鱼》；描写轻信狐狸的花言巧语，山羊竟落入陷阱的《轻信的山羊》；描写依靠伙伴们的全力帮助，小小绿豆雀终于战胜大象的《绿豆雀和大象》；描写辣蚂蚁让憨斑鸠丢失笛子，画眉雀得到笛子后叫声格外动听的《憨斑鸠与辣蚂蚁》；描写众好友智斗狡猾的耗子，替受欺凌的蛤蟆报仇雪恨的《蛤蟆吞鱼子》；等等。每一篇故事都活泼风趣，让读者爱不释手。

还需要指出的是，本书中的许多作品是由国内一批知名的民间故事采录家搜集的。他们是萧崇素、肖甘牛、董均伦、江源、孙剑冰、李星华、陈玮君、黎邦农、张士杰、芒·牧林、汛河、马名超、隋书今、王士媛、廖东凡、赵燕翼、陶学良、诸葛珮、邱国鹰、宋孟寅、忠录、杨世光、朱刚、李友楼、蓝天、丹陵、于乃昌等。在欣赏这些优美动听的民间故事时，应当记住他们和所有采录者的辛劳。

丛书四册配有大量插图。一幅幅精美的插图，增添了读者视觉审美的愉悦，增强了阅读民间故事的兴味。不仅如此，全书中每一则民间故事都配有朗读录音，让读者欣赏民间故事时还能获得听觉审美的乐趣。总之，为了出好这套中国民间故事丛书,河北教育出版社倾注全力,调动各种艺术手段,取得了很好的效果,令人感佩。

祁连休

2022 年 12 月

目 录

文成公主进藏	001
青蛙骑手	008
敏笛林神鸟	020
德布根藏与三姑娘	027
牧人与雪鸡	047
一半鱼价	054
鱼姑娘	059
库尔班和他的铜水壶	065
一只红苹果	071
犯疑心的国王	076
三个"傻瓜"	079
果罗泉	086

虎爹爹	091
花边姐姐	100
元宝姑娘	105
挖金子	110
天神的哑水	116
淌来儿	119
吹笛少年与鱼女	128
宝扁担	140
铜鼓的传说	144

一幅壮锦	149
石良	159
黄果树瀑布的传说	164
邦普的奇遇	171
发财媳妇	177
海水为啥是咸的	184
少年和国王	191
织布格格	198
秃子王爷府	206

文成公主进藏

相传藏王松赞干布那时候，西藏还没有家种的五谷，吃的是一种野生的燕麦，老百姓的生活非常苦。藏王松赞干布听人说，内地汉区的光景很好，吃的、穿的啥也不用愁；还听说内地有个文成公主，年轻漂亮。他心里就想：内地的汉人真能干哪！要是把这个文成公主娶来，内地一定会派很多人来帮助西藏。这样，老百姓的日子就好过了。

藏王松赞干布要派人到内地去求婚。他手下有个大臣叫嘎瓦，聪明能干，办法多，又到内地去学过木匠和铁匠，藏王就把他派去了。大臣嘎瓦动身的时候，藏王叫他带了许许多多的礼物，又是金银，又是珠宝，又是大象，又是骏马，都是些贵重的东西。

当时，不光是西藏派人去了，就在大臣嘎瓦到内地的时候，印度、波斯等好些国家也派了使臣到内地去求婚。皇帝对他们说："你们哪个最聪明，就把公主许配到哪里去。"

第一次，皇帝派人牵来一百匹马驹，一百匹母马，叫使臣们找出马驹的妈妈，看哪匹马驹是哪匹母马生的。别的使臣都抢先跑去，他们把毛色相同的分在一块，只当黄色的马驹就是黄色的母马生的，黑色的马驹就是黑色的母马生的，白色的马驹就是白色的母马生的，结果都分错了。西藏使臣嘎瓦是最后去分的。他先把马驹同母马分开关起来，隔了一夜才把母马一匹匹地放到马驹当中去，马驹一看自己的妈妈来了，忙去吃奶。就这么一匹匹地放，一匹匹地找，不一会儿就全分出来了。

嘎瓦虽是成功了，可皇帝说这一次还不行，又派人找来一百只小鸡，一百只母鸡，叫使臣们把哪只小鸡是哪只母鸡孵的，都给认出来。别的使臣都觉得很头疼，他们硬着头皮到鸡群里面胡乱认了一通，没有一个认对头的。嘎瓦喂过鸡，他晓得吃食物时，小鸡老爱跟母鸡在一块儿。于是先把小鸡、母鸡分开，到喂鸡食的时候，把母鸡一只只叫到小鸡群中，小鸡一见母鸡，就跟着啄食物去了。不到半天工夫，全认出来了。

皇帝接着又出了一个难题，要各个使臣在一天内把一只羊的肉吃光，皮子鞣出来，还要喝一坛酒，自个儿走回住处去。一天过去了，别的使臣连半只羊也没吃完，连半坛酒也没喝光，就胀的胀倒，醉的醉倒，一个个都不行了。嘎瓦去皇宫的时候拿一团线，把一头拴在住处的门闩上，边走边褪着线团。到了皇宫，他边喝酒吃肉，边鞣羊皮，不知不觉地就把羊肉吃完了，羊皮鞣出来了，酒也喝光了。他也有些醉了，可是他边走边缠线团，还是走回去了。这还不算，嘎瓦回去以后，又故意打了一壶酒来慢慢喝。皇帝知道后非常诧异。

第二天，皇帝又把各个使臣叫去，给了一块很大的玉石，要他们把上边的一个洞眼用线穿起来。这个洞眼呀，很小很小，从这面到那面，要经过一条曲曲弯弯的孔道，很长很长。那些使臣争先恐后地去穿，可怎么穿也穿不好。嘎瓦没有同他们抢，自己悄悄坐在一棵大树底下想办法。他忽然看见一只蚂蚁从小洞里爬出来，灵机一动，就想出一个好办法。他把丝线拴在一只蚂蚁的腰上，然后把它放到玉石洞眼上慢慢吹气，蚂蚁一步步地往里爬，整整四天工夫才从那个洞眼爬了出来。

嘎瓦把穿好的玉石送去交给皇帝看了。皇帝说，还不行，接着又对各个使臣宣布："过两天，我叫五百个姑娘来，文成公主也在里面，大家都去挑选好了，哪个认得出来，就一定把公主嫁到哪一国去。"

嘎瓦回去以后，心里很着急，觉得这件事真是难办。后来，他去求一个邻居的汉族老妈妈帮忙。这个老妈妈很乐意帮助嘎瓦。她的女儿在宫里当侍女，她也知道这件事情，就悄悄告诉嘎瓦："一半姑娘在前边，一半姑娘在后边，文成公主在中间。公主的脸蛋不太白，牙齿非常整齐，公主的头上有两只蜜蜂在绕圈，一只是金蜂，一只是玉蜂。"

临挑选的头一天晚上，别的使臣到处打听文成公主是什么样儿，忙得连觉也没有睡，结果半点儿风声也没打听到。

第二天，挑选的时候到了。宫殿上站着五百个姑娘。五百个姑娘的穿戴都一模一样。每个使臣的手里都拿了一杆小旗，要选中哪个姑娘，就把小旗插在她的背上。别的使臣抢先挑选，每个人都找了一个姑娘，后来一看都不是文成公主。嘎瓦拿着小旗在姑娘们的身边走来走去，装着决定不了的样子，可是他早看见有两只蜜蜂在一个姑娘的头上绕着，他认出是文成公主，就走到公主身边把小旗插上。

所有的难题都被西藏的使臣解开了，皇帝暗想：一个使臣都这么聪明能干，不用说，藏王就更聪明能干了，就答应把文成公主嫁到西藏去。

文成公主快要动身了，内地有一个大臣对皇帝说："让公主先走吧，最好把西藏的使臣留下来，他很聪明能干，办法多，有什么事办不了就可以找他。"皇帝觉得很有道理，就把嘎瓦留下了。

文成公主先出发到西藏来了。她从内地带了青稞、豌豆、油菜籽、小麦、荞麦五样种子，带了耕牛和奶牛，带了白的、黑的、蓝的、黄的、绿的五种颜色的羊。还有许多内地的铁匠、木匠、石匠，也跟着文成公主一起进藏来了，就从这个时候起，西藏才有了五谷，老百姓才学会了耕种和手艺。

半路上，文成公主过一条大河时，正好碰上涨大水，把羊给冲跑了。公主很着急，直叫"白羊、黑羊快回来"，把另外那三种羊给忘了。结果那三种羊被冲走了，一直没有回来，所以现在西藏只有黑白两种颜色的羊。

进入西藏以后，文成公主到了工布。在工布一个叫"路纳"的地方，遇见一条小河，过不去。公主找了一根树干横在上面，搭了一座桥过去了。后来，老百姓就把公主亲手搭的这座桥叫作"甲纳桑巴"（"内地桥"）。过河以后，一只小鸟飞来说："公主，公主，这儿过不去！"文成公主马上拔下一把羊毛撒在大地上，就走过去了。大家说因为文成公主撒了这把羊毛哇，所以路纳这个地方的牛羊一直都长得又肥又壮。

文成公主到了"达尤龙真"的时候，可恶的乌鸦飞来说："公主，公主，藏王都已经死了，你还去干什么？"

公主听说藏王已经死了，心里说不出的难过。就在达尤龙真这儿修了一座石屋子住下来，还咬破了指头，在石壁上写了血书来纪念藏王。文成公主心里难过极了，没有心思梳妆，右边的头发散了也没管它。因此，这个地方雅鲁藏布江北岸的树木稀，南岸的树木密，两边长得不一样。

牧人与雪鸡

过了好些日子,文成公主心里想:"就是藏王真死了,我也应该去看看哪!"碰巧这个时候,神鸟天鹅从远方飞来说:"公主,公主,不要难过,快到拉萨去吧,藏王的身体很健康!公主,公主,不要住在这儿,请到拉萨去吧,一切都会吉祥如意!"文成公主听了,十分感激神鸟天鹅,马上就动身往拉萨赶去。

祁连休　王文成　采录

青蛙骑手

从前，在一座遥远的高山上，住着一家穷人，只有夫妻两个。他们慢慢老了，气力也一天不如一天了，都渴望有个孩子。于是，他们去向墨尔扎那神祈祷，祈祷得很虔诚，不久，他的妻子果然有孕了。

九个月后，他的妻子临盆了。但生的不是一个婴儿，而是一只有着两只鼓鼓的大眼珠的青蛙。

两夫妻都是善心人，没有把青蛙拿去扔掉。而是对青蛙像自己孩子一样，和他们一起住下去了。

过了三年，青蛙见两位老人每天都十分劳苦，一天，他对老婆子说："妈妈，妈妈，你明天给我做一个大箩面的馍馍，替我装在口袋里，我要到沟口那家有碉楼和官寨的头人那里去求亲，他有三个好看的姑娘，我要去讨一个心肠好和能干的来做你的儿媳妇，帮你干活儿。"

老婆子说："娃娃呀！你不要说笑话吧！像你这样小，这样丑，时常被人踩在脚下的青蛙，谁肯把姑娘给你做媳妇呀！"

青蛙说："妈妈，你做吧！他们会肯的。"

老婆子听了他的话，第二天一早，果然用一箩面给他做了一个大馍，并用口袋装着交给了他。

青蛙到了头人那里，在门外喊道："头人，你的三个女儿都到了出嫁的时候了，我要讨一个做妻子，我是来向你求亲的。今天就请你答应给我一个做妻子吧！"

头人和左右都吃惊了。头人说："青蛙，你不要开玩笑吧！你不看看自己多小、多丑，怎能配我的女儿呢？许多大头人来求亲，我都没有答应，我怎会把女儿嫁给一只青蛙呢？我看你不要妄想了吧！"

青蛙说："头人，这是你不肯了。若你不肯，我就要笑！"说着，果然就笑了，笑得"咯咯咯"的，比夜间泥塘里成群青蛙的蛙鼓还响亮十倍百倍。当他笑时，地立刻震动起来，头人高大的碉楼和官寨也震动得像要倒塌一样，四周的墙都裂了口，到处扬起石块、飞沙，立刻把阳光都遮蔽得看不见了。这时，头人一家人和他的左右都在室内乱跑，你推我拥，有的把家具顶在头上保护着自己，好像遇着大灾难一样。

最后还是头人从窗户伸出头来向青蛙求情说："青蛙，不要笑了吧！你再笑，我们快活不成了，让我喊我的大女儿跟你去做妻子吧！"

青蛙果然不笑了，地也慢慢停止了震动，房子也还原了。

大女儿看她父亲把她配给一只青蛙，心里很不愿意，上马时，看见屋檐下有一副石手磨，她悄悄地把那石手磨的上半扇取来藏在怀里。

她骑马跟着青蛙走。青蛙在前面跳着带路。她不断把马打得快跑，想从青蛙的身上跑过，用马蹄去踏死他，但青蛙总时而左、时而右地跳着，总是踏不着。最后她急了，当一次和青蛙走得最近时，就悄悄地取出怀中的手磨，向跳着的青蛙打去，并立刻扭转马头向家里跑。

但她没有跑上几步，后面的青蛙就大声向她喊："大小姐，我们俩没有姻缘，你既然想回去，你就回去吧。"说着，就替她牵马，送她回去。

二人转到官寨，青蛙对头人说："头人，我们两个没有姻缘，因此把她送回来了。现在，你给我别的女儿吧。你若不肯，我就要哭！"

头人很不高兴，气呼呼地说："青蛙，你要哭就哭吧！谁还怕你哭！"

于是青蛙就哭了，哭得"吁吁吁"的，像夏夜的雨一样。当他一哭时，天立刻黑下来，到处是咆哮的雷鸣，四山都涨出澎湃的洪水来，平地立刻变成了一片汪洋，洪水不断上涨，很快把头人的官寨和碉楼都淹没了。头人一家和他左右的人都往屋顶跑，在屋顶上挤成一团。

最后头人不得不把头伸到屋檐外，向青蛙说："青蛙，你不要哭了吧！再哭，我们都要活不成了，我让我的二女儿跟你去做妻子吧！"

这样，青蛙立刻停止了哭，四周的水也慢慢消退了。

二女儿心里很不愿意，上马时看见屋檐下还有半扇石手磨，她悄悄地取来藏在怀里。在路上她也用马蹄踏青蛙，用手磨打青蛙，也扭着马头向家跑。

但她仍被青蛙喊住了，青蛙对她说："二小姐，我们俩没有姻缘，你要回去就回去吧！"青蛙仍然替她牵马，把她送回去。

青蛙把二姑娘交给头人后，又请他把他的三女儿许给他。

头人暴跳如雷地说："不，不，不，她不会愿意，哪有一个女孩子愿意嫁给一只青蛙呢？我太让你随便摆布了！"

青蛙说："若你不肯，我就要跳。"

头人心里一惊，但因气极了，所以就气冲冲地说："你要跳就跳吧！我怕你跳，还成个什么头人啊！"

青蛙果然跳了，他一上一下地跳着，当他跳时，周围大地立刻震动，立刻一起一伏，简直像海中遇风的波浪，四周的高山都震动得彼此相碰，碰得岩石乱飞、泥沙四溅，太阳都一时看不清了，官寨的石房和碉楼也不断摇摆，像快要翻转一样。

这样，头人又不得不由乱石堆里立起来，大声求青蛙，答应把三女儿嫁给他。青蛙也停止了跳，同时大地也不震动，四山也还原了。

头人没法，又只好用一匹马载嫁妆，一匹马载女儿，送他三女儿上路。

三姑娘是个心善的人，她没有她两个姐姐的想法，同时认为青蛙是只有能力的青蛙，因此她愿意跟青蛙去。就这样，青蛙把她带回家了。妈妈在门口接着，惊得合不拢嘴。

这姑娘很勤快，常跟妈妈一道到地里去做活儿，因此婆婆疼媳妇、媳妇敬婆婆，妈妈感到很幸福，每天都分外欢喜。

秋天来了，远处山上照例要举行每年一次的赛马会，依习惯几百里以内不论贫富，都要带上他们的帐篷和一年储蓄的粮食来参加。在那里"烧烟烟"敬神、跳锅庄、喝酒、赛马。这次，妈妈要青蛙也去，青蛙摇头说："妈妈，我不去，那里有翻不完的山，我走不去呀！"于是大家就把他留在家里，各自去了。

在"烧烟烟"的七天中，最后三天是赛马，赛马开始以后，每天赢得胜利的骑手都有年轻的姑娘们跑上前去，围绕他们跳锅庄，并请他们走遍她们父亲、母亲和哥哥、兄弟的帐篷，去尝她们亲手酿成的坛子酒。

但第三天，最后几个赢得胜利的骑手要决赛时，忽然从

青蛙骑手

场外来了个青衣、青马的少年。他生得非常壮健、标致，他的衣服是用最华贵的绸缎做的，他的马鞍镶满了金银和宝石，他肩上挂了一支装饰着银和珊瑚的火枪。当他进场时，众人都回过头来看他。他进场要求和众人决赛，众人表示欢迎。当骑手们围着这宽广的大草场赛跑时，别的骑手只一心伏在他们的马背上向前跑，但这少年却一面跑着，一面在马背上装火枪，并向在高空盘旋着的鹰放了三枪，立刻击落了三只鹰。他的马在这绿色的草原上跑时，只见四蹄翻滚，好像在云中飞腾一般，把众人都看呆了。他终于跑在所有骑手的前面，第一个到了目的地。

于是，年轻的姑娘们围着这个胜利者，热情地为他唱歌，跳锅庄，又引他到各家的帐篷去喝她们亲手酿的酒。

但当太阳刚刚落山，那少年便顾不得和众人告别，就匆匆忙忙地跳上他的马，向姑娘和老人们来的那个方向跑走了。全场的人都望着那高大的青马后蹄翻扬起来的尘土出神。

三姑娘也想：这是哪里来的年轻的骑手呢？他是一个多漂亮、多壮健的骑手啊！他叫啥名字？为啥太阳一落山就要那样匆忙地跑走呢？他家住得远吗？她也和众人一样，带着谜一样的感情回到了家。

他们到家时，青蛙在门口接着他们。当大家正要向他说赛马会中的事时，哪知他都知道，也知道那个少年骑手的事，大家都觉得奇怪。

第二年秋天又来了,那一年一次的赛马会仍在原地举行。这年他爸爸妈妈和姑娘又一道去了。

当最后一天决赛时,那青衣青马的骑手忽然骑着他的马像从天上飞下来一样跑进了赛马场。这天,他穿着更华贵的青缎衣裳,骑着青马,仍带着他那支美丽的火枪。当所有骑手都跑走时,他还坐下喝茶,喝了茶后,他才上马。当马飞驰时,他仍然和去年一样在马上装火枪,并向天上放了三枪,击落三只鹰。最后,他的马如在云中飞行一样,只见一朵青色的云在草地上飞,其他什么也看不见。不久,他依然跑在所有骑手的前面,得了第一名。

年轻的姑娘们按往常的习惯,向赛马的胜利者唱歌和跳锅庄。只是姑娘们对这个少年骑手唱得更热情,舞得更热情,并特别热情地请他到各家帐篷去喝她们自己酿的坛子酒。但当太阳一落山,他来不及向众人告别,就又匆忙地跳上马背走了。

转瞬第三年赛马会又来了,姑娘照例跟爸爸妈妈去,照例跟他们"烧烟烟"敬神、跳锅庄、喝坛子酒。但当到了赛马决赛那天,姑娘对妈妈说:"妈妈呀!我身子不好,头有千斤那样重,我要回家去了。"爸爸妈妈都心疼她,就让她骑那匹驮帐篷的瘦骡先回去。

姑娘骑在骡上走下了山,当爸爸妈妈看不见时,她就让骡子快快往家跑。跑到家时,她第一件事就是去找青蛙,但找遍了各处都没找见。后来在火塘边上找到一张青蛙皮,一张和她丈夫一模一样的青蛙皮。姑娘把皮捧在手上,喜欢得掉下泪来,她说:"对了,原来是他呀!啊!天哪!神哪!我是多么幸福哇!我的丈夫原来是那样一个壮健、标致的少年郎,又是那样一个了不起的骑手,我几乎配不上他了。"

她把青蛙皮翻来覆去地看,狠狠地说:"你为什么要穿上这难看的皮呢?你为什么平时总是那样小,那样丑,难道我真配不上你吗?"最后她想:我把它烧掉吧!不然他回来又要变成一只又小又丑的青蛙了。于是她动手点火去烧它。

当她在窗前用火烧那蛙皮时,正是太阳落山的时候。倏地那少年骑着他青色的马,好像天空中一朵青色的云一样落在她面前。少年看见她在烧蛙皮,立刻吓得脸上没了血色。他迅速地跳下马来,到她手中去抢。但当抢到时,已烧得只剩下一只青蛙的右腿皮了。少年登时长长地叹了一口气,没有一点儿气力地倒在屋前一块大石头上。

姑娘惊慌了,急忙跑过去把他扶到屋内。

少年说:"姑娘,你太性急了,你做得太早了,你稍等等,等我力量长了,那时我们就可以好好地过下去了,现在,我还不能活下去,百姓也得不到幸福!"

姑娘说:"难道我做错了吗?这要怎样才好呢?"

少年说:"不是你的错,是我不谨慎,我想试试我的力量长了多少,因此我才到赛马场去的。只是这样一来,我们得不到幸福,百姓也得不到幸福了。因为我不是普通人,我是地母的儿子撒尔加尔神的化身,等我长到力量够了的时候,我就要起来替百姓做事。但现在我还没有长成,我的力量还不够,我还不能离开青蛙皮过夜,我还不能忍受夜间的寒冷。这样过夜,在天明以前,我是要死的。我必定要再回到'地母'——我的母亲那里去。"

姑娘听他说时,双目流泪,紧紧地抱着软弱万分的少年,心痛地说:"我的丈夫哇!你千万不要死,你千万留下来,我相信你有能力活下去。"

少年看见姑娘哭得又哀切,又可怜,最后才颤抖地握着她的手说:"年轻的妻呀!你不要难过,你若要我活下去,目前还有一个办法。你现在立刻骑上我那青色的马。他会带你到西方一座神殿去,你向神请求,请他允许我们三件事:一件事是允许我们这里从此没有贫富的分别;一件事是允许我们这里从此没有官压迫百姓;一件事是允许我们这里有条路到北京,北京有条路到这里,让汉人给我们粮食,我们给汉人牛羊。若神答应了,这里立刻可以变得温暖,我可以在青蛙皮外过夜。这样我就不会死了。"

姑娘立刻骑上青色的马走了。马走时,如腾在空中一样。

最后她走到一座四周都射出金色的太阳光芒的神殿前。她进去向神恳求。神为她的诚心所感动，就向她说："姑娘，为你的诚心，你求的事都答应你。但你必须在天亮以前，把这三件事挨家挨户去告诉百姓，让百姓都知道，这三件事就应验了。而且，从此这地方不再寒冷，你的丈夫也可以在青蛙皮外过夜了。"

姑娘心里欢喜，立刻谢了神，骑上马往回走，想在天亮以前去挨家挨户给百姓说。但当她催着马跑进沟口时，碰见她父亲立在官寨门口。她父亲看见女儿骑马飞跑，就问她："女儿，你有什么事吗？为什么深夜还骑着马跑呢？"

姑娘说："爸爸！神已经答应我一件了不得的事，我正要挨家挨户去告诉百姓。"

头人说："我是头人哪！你怎么能不先告诉我。"说着他走下石阶，伸手把姑娘的马辔拉住。

姑娘想快点儿脱身，只好一一告诉他。头人没等说完，就咆哮说："这全是胡说！这不是神的吩咐，你不要相信这些话，我不让你去和百姓说这些话。"

姑娘说："爸爸，我再不能停留了，让我去吧！"说着打马要走，但头人死死拉着马辔不放，两人就在屋前草地上纠缠着转圈子。姑娘心急万分，向马使劲儿抽了一鞭，马腾到半空中，才把头人摔在地下，但她刚刚走到沟中第一家时，鸡已经叫第三次了，天也慢慢亮了，因此得到神的吩咐的，只有几户人家。

姑娘看见天一亮，知道一切已经迟了，她急忙打转马向家里赶。走拢家时，只见爸爸妈妈两个老人，围着已经死去的少年在哭，妈妈正合着两手，口里不断念着"嘛呢"。

姑娘晓得一切都无效了，就伏在她心爱的少年的尸身上痛哭，口里喃喃地埋怨自己的父亲，也埋怨自己。

两个老人把少年的尸身抬去，埋在半山一个悬岩上。姑娘每日黄昏都要跑到少年坟上去哭，口里反复数着她曾做错了的事。一天她在坟前忽然变成了一块石头，从此才再听不见她的哭声了。

这石头直到现在还在，它坚强地、勇敢地在那悬岩上兀立着，远远望去，恰像一个向远方祈求着什么的披发少女，她永无休止地在那里祈求着。

萧崇素　整理

敏笛林神鸟

从前有个国王，他有一位美丽而贤惠的妃子。王妃怀孕九个月的时候，国王要到领地上办一件重要的事情，临走前，国王拉着妃子的双手说："妃子啊，只要我的孩子一出生，你就叫女仆到楼顶去，敲响那面从来没有敲过的大鼓，挂起那面从来没有挂过的彩幡，不管我在什么地方，都会赶来的。"

不久，王妃一胎生下两男一女，好像白玉雕琢出来似的，一个比一个漂亮可爱。王妃叫女仆上楼敲鼓，女仆不去；叫她上楼挂旗，她也不去。王妃没有办法，只好自己一步一步爬上楼。就在这时，女仆把三个小娃娃装进大砂锅，扔进王宫后面的大河里，抱来三只小狗，放在王妃的床上。

王妃在楼顶敲过鼓，挂过旗，高高兴兴下楼来给孩子喂奶，但是，美丽的女娃娃不在了，可爱的男娃娃不在了，铺着绸缎的卧床上，趴着三只汪汪叫的小狗。她心里一急，头发白了一半。

不到一顿茶工夫,国王骑马赶来了。他疑心王妃是个女妖,不分青红皂白就把她关进地牢,每天只给一碗清水、半勺糌粑。黑心的女仆呢,就这样坐上了王妃的宝座。

离王宫不远的地方,有个打鱼的老头儿。这天,他正划着小小的牛皮船,在河里打鱼。只见滚滚的波浪里,漂过来一只大砂锅,他捞起来一看,里面竟装着三个天仙一样的小娃娃。老头儿高兴坏了,抱回家里,每天用鲜美的鱼汤喂他们。小娃娃们一天一天地长大了,长得又聪明、又漂亮,城里城外的人都夸老头儿好福气。

三兄妹见老人天天打鱼,实在太辛苦,便每人编了一只筐子,到林卡里去捡柴,拿到市场上换酥油、盐巴。有一回,他们被可恶的女仆看到了。她想:"这三个孩子,跟王妃一模一样,我敢断定就是她留下的孽畜,得想法把他们弄死。"于是,她用黑围裙包着脑袋,提着一篮掺了毒药的酥油红糖饼子,来到三兄妹卖柴的地方。她大惊小怪地说:"啊啧啧,可怜的小娃娃,你们早起还没有喝茶吧!我这里有饼子,又香又脆,爱吃多少就拿多少好啦!"

经不住女仆的左劝右劝,三兄妹只收下一个最小的饼子。就是这个饼子,他们也没有吃,留着老人打鱼回来当点心。

傍晚,老阿爸回来了。三兄妹高高兴兴地把小饼子递上去，说："今天有个好心肠的人，给了我们好多好多饼子，我们都吃得饱饱的啦，这个是留给您的。"老人接过饼子，啃了一口，忽然，眼睛发直、脸色铁青，倒在破垫子上，不能说话了。

三兄妹吓坏了。他们走了很多很多地方，逢人就打听有没有让老人起死回生的办法。有一次，他们来到一座高高的雪山上，找到一位修行的隐士。隐士被三兄妹的行为感动了，他指着前面的一条路说："从这里再翻过九座雪山，有一座美丽的莲花峡谷，峡谷里住着一只会讲话的神鸟，叫敏笛林。只要把它请出来，就能让你们的阿爸复活。不过，要请敏笛林，得过三道城门，弄不好，不是变成土块，就是变成石头，只有世界上最勇敢的人，才能达到目的。"

听了隐士的指点，三兄妹高兴极了。大哥说："你们俩回去吧，我去请敏笛林神鸟。"说完，径直向敏笛林神鸟居住的峡谷走去。他翻过第九座雪山的时候，看见一道又高又大的城门。城门外边，坐着一个老头儿，头发比海螺还白，他问："小伙子，你这是到什么地方去呀？"大哥说："我去请敏笛林神鸟。"老头儿叹口气道："小伙子，我在这里守门一百多年了，亲眼看见许多人来请敏笛林神鸟，不是变成了石头，就是变成了泥土，没有一个能活着回去，我看你还是早点儿回头吧。"大哥说："我不怕！"

敏笛林神鸟

023

老头儿见他态度坚决，便从怀里掏出一个大线团来，叫他一边走一边扔，等请到鸟儿的时候，便可以照原路回来。大哥按照老头儿的吩咐，一直往峡谷里走去。他走哇走，越走越累，越走越困，好容易走到第二道城门外边，两只脚像石头一样，怎么也提不起来。大哥想蹲在地上歇一会儿，这下完了！他变成了一块石头，再也动不了啦！

二哥和小妹等了又等，不见大哥回来，二哥说："妹妹，你留在家里，我去找大哥，同时把敏笛林神鸟请回来。"谁知二哥跟大哥一样，好容易走到第三道城门外面，实在困得没有办法，在山边上靠了靠，完啦！他变成了一堆土。

小妹在家等了又等，两个哥哥连影子也没有。她决心去找哥哥，同时去请敏笛林神鸟。她独自一人，不知走了多少个白天，又走了多少个夜晚，她进了第一道城门，又进了第二道城门，当她来到第三道城门的时候，遇到一个很老很老的老太婆，口里连珍珠大的牙齿也没有一颗了。她问："小姑娘，你这是要到哪里去呀？"小妹说："我去找我的哥哥，还要请敏笛林神鸟！"老太婆叹了一口气说："小姑娘，我在这里一百多年了，亲眼看到许多请敏笛林神鸟的人，一个个都死在路上。你的两位哥哥也一样，一个变成了石头，一个变成了土堆，我劝你还是回去吧！"

小妹妹听说两位哥哥的遭遇，更加鼓足了勇气。老太婆见她态度非常坚决，便送给她一个大线团，叫她一边走，一边扔，这样，就能找到回来的路。小妹走哇走哇，再累也不停步，再累也不歇脚。最后，她终于走进了那座美丽的峡谷，峡谷里有座长满莲花的海子，莲花上站着一只像阳光一样灿烂的小鸟儿，这就是敏笛林神鸟。

小鸟看见姑娘，又惊奇，又感动，说："了不起的姑娘呀，你是第一个走到我身边的人！有什么事，只管吩咐好了！"小妹把请他救活老阿爸的事情，原原本本地说了一遍。敏笛林神鸟把金色的翅膀一展，飞落在小妹的肩膀上，说："小妹妹，走吧！"

小妹带着敏笛林神鸟，循着刚才扔下的毛线，走过一道城门又一道城门。由于小妹的请求，敏笛林神鸟一会儿飞落在石头上，叫一声"醒醒吧"！一会儿飞落在土堆上，叫一声"别睡啦"！那些土堆和石块，奇迹般地都变成了活生生的人，两个哥哥擦了擦眼睛，看到妹妹请到了神鸟，那高兴劲儿就不用说了。

三兄妹回到家里，头一件大事就是救活老阿爸。敏笛林神鸟跟刚才一样，飞落在老阿爸身上，叫道："老阿爸，该起来啦！"阿爸就从破垫子上慢慢地伸展双手，打了一个长长的哈欠，说："天哪，我这一觉真的睡过头了，该打鱼去啦！"

老人起死回生的事，一传十，十传百，最后传到了国王的耳朵里。国王简直不敢相信，就传见老人和他的三个儿女。敏笛林神鸟说："去的时候，我跟你们一起去，吃的时候，你们和国王在一个碗里吃；坐的时候，你们和国王在一个垫子上坐。"

三兄妹进了王宫。坐的时候，他们跟国王挤在一张垫子上；吃的时候，他们都争着吃国王碗里的食物。国王十分奇怪，正想发火，敏笛林神鸟站在小妹的肩上，说："国王！不要发火！他们是你的儿女，当然要和你一起吃；他们是你的儿女，当然要和你一起坐！"接着，神鸟把三兄妹的身世，原原本本告诉了国王。

这下子，国王什么都明白了。他把妃子从地牢里请出来，洗刷了她的冤屈。女仆被割掉鼻子，流放到人熊出没的荒山。三兄妹和打鱼老人，搬进了王宫，过上了幸福美满的日子。

敏笛林神鸟呢，金色的翅膀一展，飞回自己美丽的莲花峡谷去了。

廖东凡　次仁多吉　次仁卓嘎　搜集整理

德布根藏与三姑娘

　　从前，在一片辽阔的土地上，北边住着有名的牧人德布家，南边住着土司德门德尔家。

　　德布家的独生子德布根藏，他的年轻、勇敢和德行，通过年年举行的庙会和赛马会，已经传遍了草原的上十二个部落和下十二个部落。每个部落的姑娘们，不论看见过他还是没有看见过他的，都私下议论着："要是能得到像德布根藏那样的新郎，该是多么幸福呵！"

　　德门德尔家三个女儿的美丽、聪明和能干也一样有名。上十二个部落和下十二个部落的青年，不论看见过她们还是没有看见过她们的，也都私下说着："要是能得到像德门德尔家那样的姑娘做新娘，该是多么幸福呵！"

　　正因为这样，德门德尔土司家的管家这两年也就特别忙碌。他不能不月月去接待那些从四面八方来的求婚人和带着聘礼的牦牛队，又要想办法去谢绝和送走他们。

　　老土司和三个姑娘都责怪那德布家为什么没有来求婚，没有派牦牛队带聘礼来！难道在这无数部落里，他会不晓得有个德门德尔家和他家有三个出色的姑娘吗？因为这样，土司家一直等着，一直把女儿们的婚事拖延着。

有一天，一个又穷又脏、穿着一身烂衣服、披着一件破狗皮的乞丐来到土司的官寨前。守门人见了，向他说："要饭的，你是来要吃的吗？现在还不到吃饭的时候哩！"

乞丐说："我不是要饭的。听说土司有三个姑娘，都到了该出嫁的年龄了，我是来求婚的。"

守门人又气又笑，说他是疯子，就把他撵走了。但是他并不走远，一直就在这寨子周围转悠着。人人提起这件事就笑，三个姑娘知道了，也笑得连腰都直不起来。

这乞丐知道三个姑娘每天要到一个井泉边去背水。有一天，他就先到那里去，从怀里取出一个镶着上等宝石的指环，悬在井泉边的树枝上。他心里祝告说："但愿一个有德行的姑娘得着这个指环。因为德行比她们的美貌还重要哩！"

然后，他就装着害了病，躺在往来的路上，等着三个姑娘从这里走过。

不久，大姑娘背着水桶来了，看见有人躺在路上，便叱骂说："要饭的，还不起来走开！"

乞丐一边呻吟，一边说："姑娘，我病了，走不动。你若发点儿慈悲，就绕过我走。不然的话，就跨过我走吧！"

大姑娘说:"谁爱绕过你走!"说着,就从他身上跨过走了。因此她没有看见那个指环。

当她转来时,乞丐求她说:"慈悲的姑娘呵!我是个乞丐,现在饿得走不动了,你能施舍点儿什么吃的给我吗?再不,请你对你爸爸说说,让我替你家放牛、放羊吧!我不要工钱,只要有点苦荞粑和元根叶吃吃,就活得下去了。"

大姑娘没好气地说:"谁要你这烂叫花子?还不快滚!"她不但没有给他吃的,还像遇见癞蛤蟆一样躲开了他。

不久,二姑娘来了。她看见乞丐躺在那里,也一样叱骂他,要他走开。乞丐恳求她绕过走,她一样生气地跨过乞丐就走了。因此,她也没有看见那指环。当她回来时,乞丐又求她给点吃的,她也一样没理他。

当三姑娘来时,她看见有人躺在地上呻吟,她非常同情这不幸的人,就轻声向他说:"要饭的小哥,要饭的小哥,你为什么躺在路上呢?你能起来让让路吗?"

乞丐同样说着他先前那样的话。三姑娘说:"我这样小年纪的人,连阿妈的衣服也不踩一踩,怎么能从你身上跨过呢?快让我扶你起来坐坐,让我绕过你走吧!"说着就扶他起来坐着,又把身上带的馍馍递给他吃,然后才绕过他去背水。

因为她是绕过走的,一下就看见了那挂在井边树枝上的指环。她越看越爱，就把它戴在指头上，高高兴兴地背了水往回走。

　　回来时，那人又同样请求她向土司说，让他在她们家里放牛、放羊，就是吃点儿苦荞粑和元根叶也好。

　　三姑娘答应了，一回家就向土司说。土司自来喜欢三女儿，对她的话是句句都听的，就立刻叫人去把那乞丐叫了来。

　　土司向他说："青年人，你会干什么？"

　　乞丐说："我会喂猪，会放牛、放羊。"

　　土司说："那么你去喂猪吧！"

　　从此他就在土司家喂猪，夜里就歇在猪圈里。不到几天，他的腿被猪咬伤了。他走来求大姑娘、二姑娘说："大姑娘、二姑娘啊！请你们向你们的土司阿爸说一声，叫我不要喂猪了吧！这地方的猪野得很，它们把我的腿咬伤了。还是派我干别的吧！"

　　大姑娘、二姑娘不喜欢他，都不理他，就走开了。

　　他又去求三姑娘。三姑娘立刻对土司说："阿爸，那人被猪咬伤了，说不定他不会喂猪，让他去放羊吧！"

　　土司说："女儿，你怎么说怎么好，就照你的话让他去放羊吧！"

　　于是他又去放羊，夜里歇在羊圈里。不到几天，他的肚子又被公羊撞伤了。大姑娘、二姑娘来清点羊群，他向她们请求说:"大姑娘、二姑娘啊!我放羊也不行,这地方的公山羊野得很,它们把我的肚子撞伤了。请你们向你们的阿爸说一声,叫我去干别的吧!"

大姑娘、二姑娘骂他没用,又不理他,就走开了。

他又去求三姑娘。三姑娘又对土司说:"阿爸,那人的肚子被公山羊撞伤了。说不定他不会喂羊,还是让他去放牛吧!"

土司说:"女儿,你怎样说怎样好,就照你的话让他去放牛吧!"

于是,他就到高山上去放牛,夜里在牛棚里和牛一道歇。

山上的牛群是属于三个姑娘的,她们的牛都有记号,谁的牛养了小牛就归谁。这人很会料理牛,他喂了不久,山上的牛群都长得又肥又壮,并且每只母牦牛都怀上小牛了。

有一天,这放牛的下山来报信说:"大姑娘,恭喜你,你的母牦牛养仔牛了。"

大姑娘立刻预备了大箩面馍馍、猪膘和牛肉,带了奶桶上山去看。走在路上,大姑娘想,怎能和一个要饭的娃子一道走呢?于是就躲着他走。走到一个岔路口,她找不着路了,才问这人说:"放牛的,这路该怎么走呢?"

这人说"这里有两条路,一条在山梁子上边,一条在山梁子下边。你既然不愿意和我一道走,就由你选一条,我们分开走吧！"

大姑娘就选了上边，让这人走下边。她走了不久，忽然天昏地暗，一路上又刮风、又打雷、又下冰雹，把她淋得一身水湿，非常狼狈。那人走在下边，却是风和日丽，很快就走到牛场了。

大姑娘走得又饥饿、又疲劳，满肚子的不高兴。一进牛棚，就叫他替她生火来煨茶、打尖。

那人煨好了茶，把大姑娘带的大箩面馍馍、猪膘、牛肉和自己的酒糟子馍馍放在一起，向大姑娘说："大姑娘，大姑娘，论人我们是一样的人，论地位你是主人，我是娃子。这顿饭是一起吃，还是分开吃呢？"

大姑娘生气地说："你一点儿规矩也不懂！我带的是大箩面馍馍，是上等人吃的；你带的是酒糟子馍馍，是下等人吃的。你怎么能和我一起吃呢？你还是照老规矩，到火塘下边去吃吧！"

这人就拿出他的酒糟子馍馍到下边吃去了。

大姑娘吃时，照平常的习惯掰了一块馍向空中一抛，口里祝告说："来往的山神呵！谢谢你保佑我的牛羊昌盛，请吃我的馍吧！请吃我的馍吧！"

这人却伸手接了这块馍放在嘴里，向大姑娘说："大姑娘，你敬神的馍到了我的嘴里了。让我吃了，还是吐了呢？"

大姑娘生气地说:"这是敬山神的,你怎么能吃呢?这不是亵渎神灵吗?你赶快吐了吧!"

这人说:"牛本来是我养的,不是山神养的,我怎么不能吃呢?这怕不公平吧!不过既然你不叫吃,我就不吃吧!"说着就照她的话把馍吐了,并且用泉水漱了口。

大姑娘吃完饭去看仔牛,还要在那里挤奶子。但是没有座位,她就回头向这人说:"看牛的,你给我垫个座儿,好让我挤奶子。"

这人说:"大姑娘,让树丫枝替你垫座儿呢,还是让我替你垫座儿呢?"

大姑娘说:"谁要树丫枝?那会刺痛我的!还是照我家的老规矩,你替我垫座儿吧!"

于是这人就照一个娃子的规矩那样,趴在地上替她垫座儿,一直让她挤完了一大桶奶才起来。

一直闹到黄昏,大姑娘才下山。这人回头向她的牛说道:"母牦牛呵母牦牛!你以后不要给这样的女主人生仔牛了吧!你生了仔牛,既没有什么好处,还害得我给她垫座儿!你何必给这样的女人生仔牛呢?"

从此,大姑娘的母牦牛,再也不生仔牛了。

不久,二姑娘的母牦牛也养仔牛了。他一样下山给她报信。二姑娘也一样带了吃的和奶子桶上山来,也一样不和他一道走。结果二姑娘也一样遇到大风、大雷雨和大冰雹,把自己淋得水湿才走到牛场。打尖的时候,二姑娘一样叫他坐在下边吃,并叫他吐了接着的馍馍。她挤奶时,同样叫这人趴在地上替她垫座儿。二姑娘回去以后,这人也对二姑娘的母牦牛说了同样的话。从此,二姑娘的母牦牛也再不生仔牛了。

不久,三姑娘的母牦牛也养仔牛了。他又下山来报信。三姑娘欢喜,立刻带了吃的上山去看自己的奶牛。并且,她认为这放牛人辛苦了,特别多带了一份大箩面馍馍和猪膘、牛肉去。

三姑娘跟着这人上山,走到岔路时,这人问她走哪条路,要不要分开走。三姑娘说:"路你走得熟,你走哪条,我也走哪条吧!"

于是他们一同走山梁子下边的路。一路百花开放,百鸟歌唱。两人又采花,又唱歌,不知不觉就走到牛场了。

到打尖时,这人又问是分开吃还是搭伙吃。三姑娘问:"我大姐、二姐是怎样吃的?"

这人告诉了她。她说:"只有我们两个人,何必分开吃呢?而且,你替我放牛太辛苦了,我带了两份吃的,我们一起吃吧!把你的酒糟子馍馍和苦荞粑都拿去喂母牦牛,它替我们生了仔牛啦!"

当他把三姑娘敬神的馍接来放在嘴里时,也同样问她该吞还是该吐。三姑娘觉得这人真灵巧好玩儿,就笑着对他说:"既然落在你嘴里,你就吞了吧!你真比山神还精灵啦!"

当三姑娘挤奶时,她问:"我大姐、二姐是怎样坐的?"

这人告诉了她。三姑娘说:"这怎么要得?我连阿妈的衣裳也没有坐过,怎么能让你来垫座儿呢?你还是替我找点儿树枝丫来垫座儿吧!"

这人替她找来了树丫枝,让她坐着挤了奶,然后两人坐在火塘旁边歇息。

这人指着三姑娘手上的指环问:"姑娘,听说你这指环是拾来的,这话是真的吗?"

三姑娘点了点头。

"那么,姑娘,你的姻缘已经定了。你应该嫁给这指环的主人!"

三姑娘一惊,说:"你说的是哪儿的话?"

这人说:"你拾的指环本来是一对,拾得这只指环的,必然要做这只指环主人的妻子。"

三姑娘非常吃惊,一下子不好意思起来,想摘下指环。那人立刻阻挡住说:"这是姻缘呵,姑娘!不过,我问你,你若真的碰见那戴着同样指环的人,你愿意做他的妻子吗?"

姑娘说:"那要看是什么人哪!"

这人从怀里取出了另一只指环。这只指环和她手上的红宝石指环完全一样,嵌刻雕工一样的精致美丽,一样的光彩夺目。姑娘吃了一惊,两眼呆呆地盯着他,半天说不出话来。心里似乎在说:"你真的是个乞丐吗?乞丐怎么会有这样值价的指环呢?"

这时,这人又问姑娘:"像这样一个人——一个牛场的娃子,一个乞丐,但他和你一样,是一个有品德的人,这样的人可以做你的新郎吗?"

三姑娘举眼看那娃子,他虽然穿得破烂,但是身体健壮,既有德行,又很聪明。她想:"不会错吧!说不定我们真的有姻缘哩!"

于是她说:"这样看来,我们是真的有姻缘了。但这必须阿爸答应才行。我们找机会向他说吧!"

这人送姑娘下了山,互相约定找机会向土司提亲。

土司见他的女儿们一天天大了,德布家仍然没有来求婚的动静,心里非常气愤。由于求婚的络绎不绝,土司决定不再等了。又为了让各方面求婚的都满意,土司决定请他们都到官寨来欢宴歌舞,让女儿们自己挑选。她们选定谁,谁就做她们的新郎。

三姑娘暗中通知了放牛人,叫他按期悄悄地到官寨来。

到了这天，上十二个部落和下十二个部落的许多大头人、小头人和远近官员的子弟，都纷纷到官寨来欢宴歌舞。到三个姑娘选新郎时，人人都紧张地期待着。

大姐和二姐在许多青年里，依次选中了最年轻漂亮和最有钱的人做自己的丈夫。到三姑娘选时，大家的心情更紧张了，因为人人都知道这是土司最心爱的女儿，是比两个姐姐更聪明、更美丽的姑娘，说不定还有比姐姐们更多的嫁妆哩！

当三姑娘选亲时，她对那些穿氆氇、披绸缎的求婚人连瞧也不瞧一眼，只摘下手上的指环，走去双手递给土司说："阿爸，我这里有一只指环。你要真心给女儿选个合意的丈夫，就请你把这只指环拿去，问谁有和这相同的指环，女儿就嫁给他；如果没有，女儿就一世也不出嫁了。"

土司接过一看，看出是一只很值价的宝石指环，觉得这办法倒也新鲜，就扬着指环向大家说："各位，现在轮到我最小的、也是我最心爱的女儿了。她出了一个怪主意，她自来是有很多怪主意的，但这主意也不错。她有一只指环，看谁有和这相同的，她就选谁做丈夫。众位，你们谁有和这相同的指环呢？"

那些求婚的都往自己的手上看，虽然每人手上都戴着红玉、绿玉、松耳石等各种大大小小的指环，却没有一只可以和这只精工镶嵌的耀眼的红宝石指环相比。官寨广场几百个席位上的人都哑口无言，人人都心里想着：谁有这同样的指环呢？难道这美貌的姑娘就真的一世不嫁，到寺院里去做觉母吗？

正当大家为难的时候，忽然从一株拴马的树下走出来一个青年。他一身褴褛，背上披了一张烂狗皮，走到土司面前说："土司，我有这样的指环。大概只有我才和你这最心爱的女儿有姻缘吧！"

他从怀里取出指环交给土司。两只指环一比，正是一对，土司大吃一惊，吼叫着说："这怎么成！这怎么成！你不是我家看牛的娃子吗？你真是太放肆，太大胆了！快来给我赶出去，赶出去！"

三姑娘走来挡着说："阿爸，谁有这指环谁就做我的丈夫，这是你亲口说的呀！不管他是要饭的还是放牛的，我都愿意。"

全场求婚的人和宾客们一下子噪嚷起来了，广场上充满了各种各样的议论声：

"土司家出怪事了！这样一个年轻、美貌、高贵的姑娘，怎会看上一个放牛的娃子呢？"

"这真是怪事，莫不是有鬼怪钻进她的心里了吧！"

"给这样一个穷光蛋做老婆，怎能过一辈子啊！"

土司夫妇非常生气，坚决不答应这门亲事。但是姑娘一心要选这个穿破衣服的放牛人做她的丈夫。土司亲自给她选了十二个有钱有势的年轻头人让她选择,她都坚决不答应。最后,土司咬牙切齿地说:"你这样不听我的话,以后没有嫁妆,做乞丐婆,可不要怪我!"

三姑娘十分坚决地说:"我不稀罕嫁妆!做乞丐婆我也心甘情愿。"

事情就这样定下来了。大姐、二姐暗暗得意,庆幸自己比妹妹幸福,都瞧不起妹妹和她选上的新郎。

到了该打发女婿们回家的时候了。土司把最值价的珍珠、珊瑚、玛瑙,最好的金鞍、银鞍、藏片、氆氇和成群的好马给大女儿、二女儿做嫁妆。又给了她们几驮大箩面、猪膘、牛肉和酥油作为路上的吃食。只把几只配着柴鞍的跛脚马、瞎眼牛和一袋苦荞粑交给三女儿。告诉她说:"你现在是有丈夫的人了。为了使我土司家不丢脸,你们赶快回自己的家去吧!"

于是大姑娘、二姑娘带着她们的马队、牛队和丰盛的嫁妆,欢欢喜喜地辞别父母上路了。只有三姑娘骑在一只跛脚马的柴鞍上,一边走着,一边流泪。

走到路上,两个姐姐都不愿和她同路,怕她辱没了她们。

她们对三姑娘说:"你们人马少,走得快,还是你们先走吧!"

三姑娘只好和放牛人赶着他们的跛脚马和瞎眼牛先走了。

他们走到一座山前,看见路边有个土饼子。放牛人说:"姑娘,把这拾起来放在牛背上吧,说不定它会有用处哩!"

再往前走,他们看见山沟里有一块黑石头。放牛人又说:"姑娘,把这拾起来放在牛背上吧,说不定它会有用处哩!"

再往前走,他们看见树根上有无数的木蒌薮。放牛人又说:"姑娘,把这拾起来放在牛筐里吧,说不定它会有用处哩!"

又走了一阵儿,他们看见路旁有一段树桩。放牛人又说:"姑娘,把这拾

起来放在牛筐里吧,说不定它会有用处哩!"

他们又走了一阵儿,看见一些断了的牛毛线。放牛人说:"姑娘,把这也拾起来放在牛筐里吧,说不定它会有用处哩!"

所有这些,姑娘都照着他的话做了。

不久,他们来到一个结着冰的山岩前边。冰十分滑,人畜都上不去。放牛人从牛背上取出土饼子,打碎了撒在冰上,一下子他们人马就都过去了。

翻过冰岩以后,他们来到一个大草滩上。这时天快黑了,他们决定在那里生火、打尖、过夜。但是草滩上什么都没有。放牛人把黑石头打碎当锅庄石,取出木蒌薮挤了满锅的水,又把树桩劈开来当柴烧。所有这些都准备好了以后,他们就生起火来取暖、煨茶、打尖,舒舒服服地吃了一顿。

晚上渐渐起了风,他们取出一顶破毡篷来,用路上拾来的牛毛线把它撑起。于是他们又有过夜的地方了。

大姐、二姐的牛队、马队走到冰岩前边,却怎么过也过不来。她们看见三姑娘过去了,就叫人赶到前面来问他们是怎样过去的。放牛人说:"我们是把土饼子粉撒在冰上过来的。"

大姐、二姐没有土饼子,只好把她们的大箩面都拿出来撒,才使她们一大帮牛队、马队过了冰岩。

当她们来到草滩上时,已经又饥又累了。但草滩上没有一块石头,他们支不起锅庄,没有法子生火。大姐、二姐又派人来问他们从哪里找来锅庄石的。放牛人回答:"我们是用黑石头做成锅庄石的。"

大姐、二姐没有黑石头,只好叫人从她们的牛头上砍下牛角来做锅庄石,以便生火、煨茶和打尖。

但有了锅庄石又没有火,她们又派人来问。放牛人说:"我们是把拾来的树桩劈了做柴烧的。"

大姐、二姐没有树桩,她们实在饿得不能忍受了,没有法子,只好叫人把金鞍、银鞍拿下许多来劈开做柴烧。

生起了火又没有水,她们又派人来问。放牛人说:"我们是用木萎薮挤出水来的。"

大姐、二姐没有木萎薮,实在没办法了,就叫人挖了许多牛的眼睛来煨。但是他们不但没煨出水,反而把牛的眼睛都弄瞎了。

晚上风大,大姐、二姐的毡篷撑不起,又来问撑毡篷的办法。放牛人说:"我们用牛毛线做绳子,就撑稳了。"

大姐、二姐无法睡觉,只得叫人从牛身上扯下许多毛来搓绳子撑毡篷。扯了一夜,毡篷虽然撑起来了,但牛却冻死了一大半。

第二天天一亮,三姑娘和放牛人就起来动身了。他们这样走着，走过许多草原，走过许多高山，慢慢走近一个比较平坦的地方。放牛人对三姑娘说："这里离我家不远了，让我先回去看看我的兄弟姊妹们，让他们来迎接你。我有一根棍，一路上用它画下记号，你就一路跟着来吧！"说罢就打马先走了。

三姑娘带着跛脚马和瞎眼牛在后面慢慢走着。走到一个开满了各种鲜花的草原，草原上出现了一片连一片的牧场，牧场上有数不清的牛群和羊群，牧人的歌声和牧笛此起彼落，非常热闹。三姑娘疑心自己走到什么仙境福地来了，不相信这是放牛人的家乡，就向路旁一群放牛的打听：

"放牛的大哥呀，放牛的大哥，
你们这里是什么地方？
你们看见一个人拿着一根棍，
披着件破狗皮，
骑马从这里跑过吗？"

这群放牛人回答说：

"年轻的姑娘呀，年轻的姑娘，
你要问这地方么？

这就是我们的牧场。
我们没看见什么拿着棍子,
披着破狗皮,
骑马跑过的人;
我们只看见年轻的勇士德布根藏,
骑着宝马,
拖着马鞭,
急急忙忙地飞跑过去了。"

三姑娘不懂他们的话,只好依着路上画的记号往前找去。不久,她遇见一群牧羊人,又问他们。这群牧羊人的回答和前面那群放牛人的回答一样。

三姑娘怀疑地说:"我的丈夫跑到哪里去了呢? 为什么这么多的人都没看见他呢?"于是她按着路上画的记号,再往前找去。前面有一群放猪的孩子,她又问他们。放猪的孩子的回答还是和前面的回答一样。

三姑娘更怀疑了,心想:"是我走错路了吗?为什么这许多人都没看见他呢?"

这时,她来到了一个大寨子前面,门前拴着一只狮子般大的猛犬,门槛边摆着一堆放牛人穿过的破衣服和他披过的那件破狗皮,还有那根棍子。三姑娘刚走到门前,一个穿得非常华贵的英俊青年从里面迎出来,他平举双手向她行礼,恭敬地请她进去。

三姑娘不认得这人,只见放牛人身上穿的衣服丢在那只猛犬脚前,以为他被狗咬死了,就一下放声大哭起来。

青年看见她哭,急忙上前劝解说:"姑娘,你该欢喜,不该哭。你看看,我就是你的放牛人哪!"

三姑娘远远避开他,不相信他的话,又哭着说:"我的丈夫是个有志气的穷人,他穿得破破烂烂,披的是破狗皮,你不要来骗我!"

青年向她解释,她总躲避着他。青年没办法,就把那丢在猛犬前的烂衣服和破狗皮穿起来,她才立刻惊叫着上前去拉住他,认出他就是自己的丈夫。

原来这青年就是德布家的德布根藏,也就是那自来为上十二个部落和下十二个部落的人们所称赞的青年。

不到几天,大姐、二姐因为没粮食、没牛、没鞍子,没法前进了。听见妹妹的情况,就派人来求助。青年和三姑娘叫人去把她们接来,请她们在德布家做客,每天都摆出丰盛的酒宴款待她们。而青年对三姑娘特别尊重和敬爱。

现在,土司给大姐、二姐的嫁妆已经在路上糟蹋、丢失得差不多了。她们的丈夫因为她们失去了财产也对她们不尊重,随时摆出头人的派头,轻视和叱骂她们。当她们看见青年对三姑娘那样尊重和敬爱时，才知道她们已经没有一样赶得上妹妹了。

当她们各人丈夫家里的牦牛队来接她们的时候，她们才带着无限的羞愧和悔恨，到她们那不中意的丈夫家里去了。

黑尔甲　讲述

牧人与雪鸡

从前，在曲麻莱大草原上，有一个穷牧人，家里断了糌粑，便背着空羊皮口袋，出门乞讨。他走了好几个部落，只讨要到一点点酸奶渣。在回家的路上，他看到一只雪鸡掉进猎人设的陷阱里。雪鸡向牧人哀求说："慈悲的叔叔啊，救救命吧，我快要死了！"牧人急忙救出雪鸡，撕下自己腰带上的布条，包扎好雪鸡的伤口，并把讨来的一点点酸奶渣给雪鸡吃了。雪鸡感激牧人的救命之恩，流着眼泪说："你有一颗善良的心，叔叔！俗话说，善心要得到好报，说吧，你要什么呀？"

牧人指着自己的肚子，摊开双手，摇摇头说："要什么呢？我是一个穷牧人，只要有饭吃，就别无他求了。"

雪鸡拍拍翅膀，丢下一只黄灿灿的金蛋："叔叔啊！金子银子也难报答您的救命之恩，可我只有拿这只小蛋报答您的恩情哩！如果您以后还用得着我……就到这儿来，用石头在这座石崖上敲三下，说：'哎！雪鸡，出来吧！'我就来，我一定满足您的要求。"

穷牧人双手捧着光闪闪的金蛋，仔细看着，抚摸着，他这一辈子连一块指头大的银子也没见过，他激动得流着泪水说："啊！佛爷啊！金子……金子！我真不知怎样感谢您呢！"

雪鸡飞进树林里去了。牧人高高兴兴地回到自己的破牛毛帐篷里，把金蛋交给了老婆，老婆惊讶得半天说不出话来。老两口儿用金蛋买了一顶新织的花卡列帐篷，一口新铜锅，一把新铜茶壶，两件紫黑色羊羔皮的查鲁，两双长筒花氆氇做的软靴子，一百只绵羊。从此过上了好日子。

可贪心的老婆还不满足。一天，她吃饱了嫩羊肉，喝足了酥油奶茶，对牧人说："你再去要两只金蛋来吧！"

牧人说："还要啥呀？不是样样都有了吗？俗话说：'人要知足哩，马要歇脚哩。'我们本来是乞讨的苦命人，如今不是变成富人了吗？"老婆发怒道："去！去！去！我们没有牛马，没有放羊的男孩儿，没有做饭的苦工，没有放羊的草山，你快去再要两只金蛋来，报恩要报到底哩，你救了雪鸡的命，他会答应的，快去呀！傻瓜！"

牧人听完老婆子的叫骂，只得勉强到石崖边，用石头敲打三下："哎！雪鸡！嘎啦！嘎啦！嘎啦！请您出来吧！"

"嘎啦！嘎啦！"雪鸡叫着，从树林里飞来了。牧人向雪鸡躬身施礼，双手合十说："雪鸡呀，雪鸡！能不能再给我两只金蛋呀?"雪鸡拍拍翅膀,落下两只光灿灿的金蛋就飞走了。

牧人把两只比原来更大的金蛋交给了老婆,老婆高兴得合不拢嘴巴:"阿啧!这雪鸡真好!"

于是她买了成群的骏马、雄健的牦牛、男女奴仆和一座大草山,修建了高楼,房里油漆地板上铺了华美的地毯,墙上装饰着名贵的壁画,还为自己缝制了猞猁皮皮袄。她高坐在华丽的座垫上,十个奴仆为她做饭,二十个奴仆为她打猎,三十个奴仆为她到各地做买卖。

这时,她再也不是以前那个穿着破烂的穷玛里干,而成为一个吃得肥胖胖的贵族太太了。但她还是不满足,命令为她守外门的牧人再去向雪鸡要五十个金蛋来,她说:"山鹰也要往高处飞哩,小马驹子也要往远处跑哩,我要买一个百户官做哩!去!去!快去!快要来五十个金蛋!"

"算啦!我的婆娘!马跑远了要收脚哩,再跑就累倒哩!人富足了,应守本分哩,再贪心就没有好结果哩!我不去,我救雪鸡的命是我的本分,不是为了报恩……"

牧人抗不过他的老婆,又到石山的山崖前用石头敲了三下。雪鸡飞出树林拍拍翅膀问道:"叔叔啊,快说,你要什么?"

"啊啧!好心的雪鸡!你两次给我金蛋,本应该安分守己了,可老婆子非叫我来再讨五十个金蛋,我真是再没有脸见你呀!"牧人流着泪说。

"放心!我会给你的。"雪鸡说完,立刻在地上落下了五十个比原来更大更光亮的金蛋。

牧人把五十个金蛋装进羊皮口袋里,背在背上,很艰难地回到老婆面前。老婆正高坐在锦垫上,和一个与她刚结婚的年轻汉子一起吃着肥羊肉,喝着青稞酒。两个奴仆给她捶背、揉腿、揉脚,两个奴仆给她梳理发辫。她收下五十个金蛋,对牧人连看也不看一眼,就叫奴仆用皮鞭把他赶出去替她守门。

老婆用五十个金蛋买了一个有几千口人家的大部落,当上了这个部落的百户,但她更不满足了,为了侵占别的部落,她日夜操练兵马,诵经念咒,准备打冤家。她命令牧人:"去向雪鸡要返老还童的神药来,我百户老娘要变成世界上最美丽、最年轻、最聪明的金姑娘!如果不去,一定要砍掉你的狗头!"

牧人愤怒已极,坚决不去,他手指着老婆的脸责骂她忘了本,变成了和豺狼一样的坏人。老婆命令武士鞭打他,又用牛皮绳拴住他的两手,派骑士押送到石山山崖边,强迫牧人叫出雪鸡,她要把雪鸡抓回官寨,每天为她下金蛋、吐神药。牧人死不顺从,被打得昏死过去。

这时雪鸡听到老牧人的呻吟声,飞到他身边,问:"叔叔啊!谁把你打成了这个样儿?嘎啦!嘎啦!嘎啦!"老牧人将自己的遭遇一五一十地告诉雪鸡,雪鸡拍拍翅膀,又响亮地叫了三声,嘴里吐出两粒红色的药丸,雪鸡给牧人吃了一丸,牧人全身的伤口立刻愈合了。雪鸡又叫牧人把另一粒

药丸拿回去给他那当百户的老婆吃,说吃下去就会变成世上最富有、最有权势、最年轻、最美丽、最聪明的姑娘。

牧人把药丸送到老婆手里。老婆吃了清香四溢的药丸,先是心里发烧,继而全身发痒、发烧,一下变得很美丽、很年轻了。于是,每天前来求婚的人千千万。老婆挑选了一个大千户作为她的正丈夫,还挑选了十二对美男子作为她的外户,牧人呢,却被她用火针刺瞎眼睛,赶出部落,永世不得回家。

可怜的牧人只得拄着木棍,背着空羊皮口袋,出门乞讨。他忍受着饥饿和严寒,受尽人间的凄苦。他躺在光秃秃的草滩上,瘦得快要死了。这时,突然听到"嘎啦!嘎啦!嘎啦"的叫声,雪鸡已飞到他身边,用力拍打着翅膀,身体急速旋转,很快变成了一个年轻英俊的小伙子。他扶起牧人,给他吃了一粒红色药丸,牧人立刻恢复了健康。

"啊!叔叔!你有一颗慈悲的心,可你太软弱了,因此受人欺侮。你如果喜欢,就让我做你的儿子吧!"

青年扶着盲人阿爸,走到那个女人的部落。那个女人一见就咆哮道:"呸!瞎老鼠有瞎老鼠的地洞哩,人有人住的帐篷哩!你圆圆的脑袋长长的腿,长了几个豹子胆,今天敢到我大千户的神地上来!"她扬扬手叫打手们,"快把这瞎子赶出部落,我永远不愿见他这种丑样儿。不然,要折掉我的福气哩！"

"啪，啪，啪！"青年拍了三声手掌，年轻美貌的女千户立刻变成了原来的样子，又老，又丑，又矮，又瘦，活像半截子烧火棍，呆立在地上。

"啪，啪，啪！"青年又拍了三声手掌，那高大闪光的金殿，华美的地毯，武士，奴仆，骡马和牛羊，一下子全没了。

张　训　搜集整理

一半鱼价

从前，有这样一个国王，最喜欢吃新鲜的鱼。每顿饭没有新鲜肉，没有新鲜蛋，没有新鲜菜，都可以，可是没有新鲜鱼，他就一口饭也不能吃。鱼就是他的命根子。因此，王宫有一个管家，专门到处为国王买鱼；王宫有一个厨师，专门为国王烹鱼。后来，王宫附近的湖里、江河里的活鱼，眼看要吃光了。

大臣们只好写了一个告示，派人去四方张贴。告示上写着：

不论是谁，如果捕到活鱼送来王宫，必有重赏。要钱给钱，要财宝给财宝，要牛羊给牛羊，一定满足他的一切要求。

有一天，一个渔夫捕到一条大鲤鱼，兴高采烈地来到京城，气喘吁吁直向王宫跑去，一个守门的卫兵拦住他，训斥道:"这里是国王住的地方,你是什么人?闯进王宫干吗?"渔夫急忙向卫兵敬了一个礼,小声说:"我是一个捕鱼的普通老百姓,我想去拜见一下国王,请放我进去吧!"卫兵又问:"你有什么重要事情要见国王?"渔夫如实说出了自己的想法:"国王出告示寻找活鱼,谁献活鱼都能得到重赏。我今天得到一条大鲤鱼,想献给大王,以便得一些赏赐,让我穷苦的一家过几天好日子。"卫兵一听,马上想到这是一个发财的好机会,便骗渔夫说:"王宫重地,闲人免进。你这条大鲤鱼卖给我,我可以转献给国王,你就不必去见国王了。"渔夫是个聪明人,猜透了卫兵的如意算盘,他理直气壮地说:"我这条鲤鱼不能卖给你,我要亲手献给国王。"卫兵把脸一变,大声吼叫起来:"我不放你进宫,看你怎么办!"渔夫再三请求,卫兵灵机一动,想出了一条妙计,悄悄地对渔夫说:"这次你去给国王献鱼,一定得到重赏,你要是把赏钱分给我一半,我就放你进去,你要是不肯分给我一半赏钱,你就别啰唆,甭想见国王,快走!"渔夫完全明白了卫兵的用意,当即爽快地告诉他:"这个太容易了,我一定照办。国王不管给什么赏赐,我都留一半给你,你就等着吧!"卫兵还有点儿不放心,又特意嘱托道:"你可别撒谎啊!骗我可就不够朋友了!"渔夫坚定地回答:"我从来是说一不二的,说得到做得到。"卫兵为了得到这笔意外之财,又进一步逼问渔夫：“要我相信你的话，你能发个誓吗？”渔夫毫不迟疑地说：“我发誓！”卫兵以为能很快得到赏钱，脸上堆满了笑容。渔夫走进王宫时，对卫兵说：“我还不知道你的尊姓大名，请告诉我，以便通知你去领赏！”卫兵连忙说：“我的真名没有几个人知道，但一提我的外号'独眼牛'，王宫上下是无人不晓的。”

渔夫急急忙忙走进王宫，献上了鳞光闪闪的大鲤鱼，国王和大臣都特别高兴。但是，渔夫直挺挺地站在一边，样子有些不安。国王请他坐下，他坐在垫子的一角；国王给他倒茶，他不敢喝一口；国王问他要什么报酬，他说：“我要的东西只怕国王不肯答应。”国王想都没有想，便说：“你要什么，尽管讲好了。我这里有的，我都不吝惜，我这里没有的，我也会想办法弄到。你知道，我没有新鲜鱼，是不能吃饭的。今天，你送来一条大鲤鱼，等于救了我的命，我一定用最重的赏赐感谢你的救命之恩。”渔夫恭恭敬敬地说：“我不要国王的金银财宝，我不要国王的牛羊，我只请求国王办一件事。”国王很奇怪，问道：“你要我办什么事？”渔夫深深地鞠了一个躬，请求道：“请在我屁股上打一千皮鞭！”国王哈哈大笑，用手指弹了一个脆响儿，说：“我不是那种好坏不辨、是非不分的昏君，岂有把恩人当仇人之理？你不要开玩笑了！”渔夫很认真地又鞠了一个躬，仍然请求打他一千皮鞭。

国王和大臣都认为渔夫有精神病，便吩咐下面的人，把渔夫送到一个最清静的地方，选一座最漂亮的房子，让他吃最香美的饭菜，派男女演员为他唱歌、跳舞，想尽一切方法，使他精神愉快，帮助他早日恢复健康。

过了几天，渔夫托人对国王说："大王这样款待，我从心眼儿里表示感谢。但是，我家有年迈的双老，年幼的儿女，我要回去干活儿，我不能老住在王宫，请大王快付鱼钱，放我回家。"

因为渔夫再三请求，国王没有别的办法，只好嘱咐大臣："为了满足渔夫的愿望，你们就派人打他一千皮鞭吧！但是务必注意，不要打疼打伤，只能轻轻地打，打完再来向我报告。"

大臣遵从国王的旨意，把渔夫领到庭院，叫来两名善良的皮鞭手，用一支小皮鞭，在渔夫屁股上轻轻地抽打起来。他们一边打一边数，正数到五百皮鞭的时候，渔夫说："好了，我的鱼钱够了。还有五百皮鞭，应该留给另外一个人！"大臣一怔，不知是什么原因，渔夫解释道："我进王宫送鱼时，在门口遇到一个朋友，我和他商量好，鱼钱必须对半平分，我一半他一半，所以我不能独吞。"大臣越听越糊涂，便向国王作了报告。国王让大臣把渔夫带来，和颜悦色地对他说："这回可满足你的愿望了吧！"渔夫向国王恭敬地三鞠躬，说："我的一份鱼钱可以了，国王陛下，我十分感谢您!"国王问道:"你留下的那一份鱼钱——五百皮鞭应该给谁呢?"渔夫慢条斯理地说:"当初我来王宫向大王献鱼时,门口有个叫独眼牛的卫兵,怎么也不让我进来,最后我发誓和他平分赏金,他才答应我的请求,所以,那一份鱼钱必须给他,以实现我的誓言。"国王这才恍然大悟,立刻传出命令,叫独眼牛速来领赏。

独眼牛听到领赏的通知,心里美滋滋的,脸上笑眯眯的,三步并作两步,立即跑到国王面前。只见国王怒目而视,独眼牛正在纳闷儿时,大臣早已喊来几个身强力壮的皮鞭手,将他摁倒在地,剥下裤子,举起又粗又大的皮鞭,狠狠地抽了五百下,打得他血肉模糊,鲜血直流,疼得他呼爹叫娘,喊天求神,几乎送了小命。大臣在一旁对独眼牛说:"你和渔夫约好平分鱼钱,国王赏你们一千皮鞭,渔夫得了五百鞭,你也得了五百鞭,渔夫丝毫没有多得,你也丝毫没有少得。这件事公平合理。"

独眼牛得了这么结结实实的一半鱼钱后,从此再也不敢随便敲诈勒索了。

耿予方　翻译整理

鱼姑娘

　　从前有一个很穷的小伙子，他没有父母，也没有兄弟姐妹，一个人孤苦伶仃地生活。有一天他和寨子里的人一齐去河里打鱼，他们都是比较富裕的人，一人霸占一段河滩，把河滩都霸占完了。小伙子没有地方撒网，那些富裕的人还骂他："你这个穷鬼，河里没有你打鱼的地方，你到山梁子上去打鱼吧。"小伙子一气之下便当真跑到山梁子上去，他爬了几座山都没有找到一个鱼塘。他又饿又累，正想回家的时候，看见一株大树底下有个泥水塘，便把网撒下去，不久便打到一条鱼。他很想把鱼烧熟吃掉，但见鱼儿活蹦乱跳，银色的鳞片在阳光下闪闪发亮，红色的尾巴摇摇摆摆，又美丽、又可爱，他舍不得吃，把鱼拿回家里，把仅有的一个瓦罐洗得干干净净，然后到山箐里背来清凉的泉水，把鱼养在罐里。每天劳动回来，他都要背三桶清泉水添在罐里，看见鱼在水里自由自在地游着，他心里就感到很快乐。有一天，小伙子从地里劳动回来，发现家里有人给他收拾得干干净净，

牧人与雪鸡

龍府

水背来了，柴也砍来了，饭煮好摆在桌子上。他很奇怪，便去问邻居："是哪个来帮我做的家务？"富裕的邻居吐了口唾沫说："你这个穷鬼，哪个会来帮你。"第二天他去劳动回来，家里照样做好饭菜，一连几天都是这样。有一天早上他吃了早饭，说是去劳动，就走了，实际上他是悄悄地躲在房后。他从竹墙缝往屋内一看，见水罐里的鱼跳出来变成一个很美丽的姑娘，忙着给他做家务。小伙子激动地跑进去一把拉住姑娘说："好姑娘，你这样帮助我，我太感谢你了，我是一个穷孤儿，如果能有你这样一位好姑娘做我的妻子就好了。"鱼姑娘害羞地低下头说："你劳动好，心地善良，我愿和你结成夫妻，但必须得到我父亲龙王的允许。"

小伙子按照鱼姑娘指点的地方去龙王府见龙王，向龙王提出要娶鱼姑娘的要求。龙王不放心把自己心爱的姑娘嫁给他，便说："如果你在一天内能盖出七个猪厩、七个牛厩和七个仓库来，我就把姑娘嫁给你。"小伙子焦急地赶回家与鱼姑娘商量。鱼姑娘说："不要紧，你到山上砍几个树杈杈来栽到家门外，然后你回来睡觉，中午吃饭的时候我来喊你。"小伙子照她说的办了。到吃饭的时候鱼姑娘把他叫起来，他出门一看，七个猪厩、七个牛厩和七个仓库都盖好了。他高高兴兴地跑去见龙王说："你要我做的我都做了，请你允许我娶鱼姑娘吧。"龙王说："不行，你要在一天之内把七座山梁的树砍倒。"小伙子回家告诉了鱼姑娘，鱼姑娘又帮他把七座山梁的树砍倒了。龙王又提出要把刚砍倒的七座山梁的树全烧光，鱼姑娘又帮助他把刚砍倒的七座山梁的树全烧光了。龙王又叫他在一天内把七座山梁上烧剩下的焦桩桩捡完。他们捡完了，龙王还是不答应，他还要试试到底小伙子对女儿的爱有多深，便又提出要他在一天之内撒一万斤青菜籽在地里。他们把一万斤菜籽撒完了，龙王还是不同意，他对小伙子说："撒上青菜籽的地我要改种旱谷，你要在一天之内把一万斤菜籽捡起来，一颗也不能少。"他们把一万斤菜籽捡起来了。龙王说还有九颗籽不在，要在一天之内找回来。小伙子回家对鱼姑娘说："这九颗菜籽到哪里去找呢？"鱼姑娘说："不要急，你扛着我阿爹的枪到旱谷地里，地里有一棵树，树上有三只斑鸠，你不要打左边的，也不要打右边的，只把中间的那只打下来。"小伙子照鱼姑娘说的把中间的那只打下来拿回家，鱼姑娘把斑鸠的嗉子打开，九颗青菜籽不多不少都在嗉子里。小伙子去见龙王说："你要我办的事桩桩件件我都办到了，现在你是不是该答应我的要求了？"龙王说："好，我最后还有一个要求，如果你做到了，我就同意你和我女儿结婚。明天我们两个去打猎，你在后面撵，我在前面堵，如果能打到一只马鹿，我就答应你的要求。"小伙子回家告诉鱼姑娘，鱼姑娘说："不要怕，明天你们去的那座山马鹿很多，如果打不着马鹿，你看见泥塘里有三头水牛，就把三头水牛紧紧抱在一起。"第二天，小伙子和龙王上山去了，龙王在前面走着，小伙子躲在岩石后面等着野兽出来，矮树丛里发出"唰唰"的响声，有一只大马鹿跑出来了。他很高兴，立刻去追赶，从这座山追到那座山，马鹿越跑越快，他跑得气喘吁吁，可是却不见龙王在前面堵着打。后来追到他打鱼的那座山梁上，马鹿绕过泥水塘就不见了，只见塘里有三头老水牛悠闲地打滚。小伙子用尽全身的力气，跳到塘里把三头牛紧紧抱在一起，牛变成了龙王。这时马鹿从树后钻出来，他们两人围着打死了马鹿。龙王终于同意他们结婚了。

婚后他们的生活一天天富裕起来，猪厩、牛厩装满了猪、牛，仓库里装满了粮食，夫妻俩生活得很幸福，寨子里原先看不起小伙子的人都羡慕起他来了。邻居有一个好吃懒做的姑娘，她下地不会做活儿，在家不会背水煮饭，不会纺线织布做衣裳，但长得却很漂亮。她看见鱼姑娘家生活富裕，由羡慕变成嫉妒，便与小伙子眉来眼去，勾勾搭搭。小伙子是个负心郎，过上好日子就忘记了贫穷时与他同甘共苦的鱼姑娘，常与邻居的姑娘鬼混在一起。鱼姑娘很伤心，有一天她问小伙子："你到底是要她还是要我？"小伙子昧着良心说："我要她。"鱼姑娘一气就往土里钻，最后，只剩下胸部和头了,她最后再问一句:"你是真的爱她吗?"小伙子仍旧回答:"是真的。"他的话音刚落,鱼姑娘就全钻进土里不见了。小伙子和懒姑娘结了婚,他们的生活逐渐贫穷下来,猪厩、牛厩里没有猪、牛了,仓库里没有谷子了,日子越来越艰难,懒姑娘不愿与小伙子在一起,便回她娘家去了。小伙子一个人又贫穷,又孤独,哭了三天三夜,想起鱼姑娘对他那样好,越想越恨自己,认识到自己走错了路。

陈 平 赵鲁云 搜集整理

库尔班和他的铜水壶

很多年前,叶尔羌这个地方有一个老农民,名叫艾沙克里木。他有一个闺女名叫麦娜沙汗,是全村最美丽的姑娘。人们都称赞她:"谁也没有她长得那样俊。"小伙子们说:"麦娜沙汗的头发,像没有月亮的夜晚那样的黑!"

村子里巴依的儿子都爱麦娜沙汗,可是麦娜沙汗只爱上了那个当长工的青年库尔班。

库尔班的爸爸妈妈早就死了。他穷得连一块地都没有,只好给巴依扛长活。麦娜沙汗自从死去了妈妈以后,日子过得一年比一年凄苦。她父亲艾沙克里木仍然种着巴依马木提伯克的一小块苞谷地。这两家人的生活都过得十分穷苦。

俗话说:穷人才知穷人心。库尔班和麦娜沙汗认识的时间已经不短了。从小娃娃那时候起,他们就在一块儿放羊;长大了,常常在没有人的地方,倾诉着他们的心愿。

"我要是得到你爸爸的允许,而且有了请客的钱和阿訇念经的费用,我一定要娶你做我的妻子!"库尔班怀着这样的希望说过很多次。

但是，尽管库尔班白天黑夜地劳苦，干了很久的活儿仍然是没有一个钱，就连巴依答应给的工资也没有拿到手。他决心出外做工挣钱来娶麦娜沙汗。

库尔班走过很多地方，离家已经三年了，但他还是没有积下一个钱。一天，库尔班给别人干完活儿回来时，怀里揣着两个苞谷馕，这是他劳动半天得来的报酬。他准备找个有树荫的地方来吃苞谷馕，却看见路边躺着一个正在唉声叹气的又黄又瘦的白胡子老汉，就走上前问道："老大爷！你怎么啦？"

老汉睁开一双半闭的眼睛，看了这年轻人一下，有气无力地说："我好几天没吃饭啦！饿坏了！"

库尔班心想：我刚好挣来两个馕，就送给他一个吃吧，我少吃一点儿也行。想着就从怀里掏出一个苞谷馕，递过去说："老大爷，吃吧，我有两个馕，分一个给你。"老汉一听说有吃的，精神就增加了几倍。他伸手接过来，狼吞虎咽地几口就吃光了，他的手又向库尔班伸过来。

库尔班想：就给他吃吧，我年轻，一两天不吃也饿不坏，再说，我还有力气，能挣得来，于是把第二个馕也毫不吝惜地递了过去。老汉把第二个馕吃完后，不等库尔班开口，就从怀里掏出一把旧铜壶来对他说："年轻人！请你再给我一些水。"

库尔班知道水渠离这里很远,他自己劳动了半天,又没吃一点儿东西,浑身没有一点儿劲儿,可是一看老汉干巴巴地吃了两个馕,噎得不行,就接过水壶去替老汉舀水。刚走了几步,老汉把他叫回来说:"你舀水的时候,不要忘记取掉壶盖;娶媳妇的时候,不要忘记地里的庄稼。"

库尔班记着老汉的话,从水渠里取来了水。老汉接过来咕嘟咕嘟一阵儿就喝完了。可是他还嚷着口渴:"饿了好几天,啃干馕真不好受,水壶又小,再给我舀一壶吧!"库尔班心里可怜他,提上水壶又走了。

刚刚走了几步路,老汉又把他叫回来叮咛道:"好心的年轻人,你需要什么的时候,就向这把水壶要,它会满足你。但是你切记:不该要的你就不要向它要。"

库尔班舀了第二壶水回来的时候,老汉已经不知到哪里去了,只好举起水壶来咕嘟咕嘟地把水全部喝了下去。他忽然想起老汉说的:"你需要什么就向这把水壶要。"又想:"我现在什么也不要,肚子饿得不行,要馕吃吧。"于是他就对水壶说:"我只要两个馕!"

只见水壶盖往上一顶,一股白烟散尽,嘿!热腾腾的两个白面馕,摆在水壶边上。这一下可叫库尔班高兴得不得了,他把馕吃完以后,就背起水壶向回家的路上走去。

牧人与雪鸡

068

库尔班出去三年了！村上的人几乎都忘记了这个年轻人。只有麦娜沙汗和艾沙克里木还没有忘记。麦娜沙汗还在等着他，虽然有钱的人要娶她，她还是叫爸爸不要应允。

库尔班回来了！这消息很快就传遍了整个村子。很多人都要看看发了财的库尔班，因为库尔班临走时说过："我没有钱娶老婆就不回来！"

大家一看走回来的库尔班就有些失望。巴依还讥笑他说："发什么财，你们看他走着回来，连一匹马都没有，还是那身烂衣服，不知道在哪儿拾了一把破铜水壶，哈哈……"不管怎样，库尔班还是很高兴地走进了自己的那间破房子。

第二天，库尔班对着水壶看了很久，心想：要什么呢？要娶老婆的钱？可是他又想，钱是不该要的。要些干活儿用的东西吧。于是他向水壶要了些粮食、种子和一把砍土镘。

库尔班开出来几亩荒地，劳动了一年，打了很多粮食。这一下什么都有了：房子、衣服、吃的喝的都不缺。请客的钱也有了，阿訇也念了经。库尔班和麦娜沙汗结了婚。他们有了自己的土地，自己劳动，自己享受。他们过着幸福的生活。

没有多久，库尔班家里有个宝贝铜水壶的事，就被很多人知道了。巴依马木提伯克听说后就托人来买他的破铜水壶。

库尔班心里虽然舍不得这宝贝水壶，但是想不答应也不行，只好忍着痛，准备把铜水壶给巴依送去。麦娜沙汗听说库尔班要把水壶送给巴依，她说啥也不同意，可是又没办法。

第二天，库尔班正要背着铜水壶出去，麦娜沙汗对他说："你去了，别的不换，单换巴依的大青马！"

果然，巴依很痛快地就答应了。但是要先试试水壶是不是真的能出东西。他想：只要能出金子，十匹马也能买回来的。

库尔班当着众人的面试验了水壶，要啥有啥，吃的穿的堆成小山。他把这些东西都分给了穷人，自己牵着大青马回去了。

巴依啥也不要，单要金子。金子越出越多，但巴依还嫌少，他关起门来，整天守着要金子。

从此以后，再也没有见巴依出来过，大家以为巴依守着铜壶出金子呢。过了好久，才有人大着胆子推门一看，哪里有什么金子，只见满院子堆的尽是黄土，巴依被埋在下边，早就死了。

翻译　郑婴卫

一只红苹果

从前,在塔克拉玛干有个叫萨依穆的贫苦农夫。他勤劳纯朴,厚道诚实,年过三十还没有成家。他常对自己说:"我与其撒谎骗钱来讨媳妇,还不如打光棍儿过一辈子。"

一年夏天,萨依穆头顶烈日在地里干了半晌,口干舌燥,便到渠边去喝水。他喝过水抬头一看,水渠里漂来一只红艳艳的苹果。他立刻捞出苹果,拿在手里吃了一半。当他又要吃剩下的半个时,却愣住了,心想:且慢!这只苹果不是我的,我怎么能白吃呢?现在我必须去找到苹果的主人,赔礼道歉,付给他苹果钱。想着,他便沿着水渠向前走去。

萨依穆不停地走着,到了后晌的时候,来到一户果树掩映的农家门口,水渠环绕着果园,缓缓地流淌着。萨依穆喃喃地说道:"嗯!我总算找到这只苹果的主人了。"他轻轻敲了敲大门,立时一位银须苍苍、面目慈祥的老人打开门,满脸堆笑地走了出来。萨依穆向老人问好后,说明了来此地的缘由,从衣服兜儿里掏出了几个腾格放在餐布上,请求老人

牧人与雪鸡

收下。

果园老人心想：一只苹果微不足道，这个小伙子竟然这样认真，不辞劳苦从远道给我送钱来，他的品德和人格多高尚啊……我再考验他一遭，假若他果真是位纯洁善良的人。我便跟他攀门亲戚。于是，老人故意装作很生气的样子说："小伙子，你没有经过允许就吃掉了我的苹果，我是不会饶过你的呀！"

萨依穆满面愁容，心里感到很痛苦，望着老人诚恳地说道："老人家，我犯了罪！你收下我做你的奴隶吧！"

老人说："好吧！我有一个要求，你要是办到了，我才能原谅你。"

萨依穆说："我愿拿生命去完成。"

老人说："我有一个女儿，第一耳聋，第二眼瞎，第三不会说话，第四手不能拿东西，第五脚不能走路。由于她有这些缺陷，谁也没有聘请媒人来提亲。你娶我的女儿为终身伴侣，使我摆脱窘境，怎么样？"

萨依穆心想：我连自己的肚子都混不饱，哪儿有能力养活妻子哟！想着，他的眼圈湿润了，心上像压了一块石头。但他想起了一句谚语：老虎不走回头路，青年人言必有信，于是便说："大伯，只要你肯饶恕我的罪过，我愿娶你的女儿为妻。"

"一言为定。你回去准备准备吧。"老人说罢，送走了萨依穆。

萨依穆回家后，在邻居和亲朋好友们的帮助下，凑凑合合准备了几件礼物，便娶来了那位老人的姑娘。邻居的嫂嫂们听说穷兄弟萨依穆娶了个媳妇，纷纷来向他祝贺。她们款款揭开新娘的面纱一看，新娘娇嫩鲜艳的脸蛋比月亮还美洁，比太阳还耀眼，一个个都看傻了。亲朋宾客们原来听说萨依穆要娶的是位残疾姑娘，现在见新娘相貌出众，光彩照人，都感到很吃惊。萨依穆一看见姑娘的模样，脸色变得阴沉沉的，突然扭过身子从姑娘身边走开了。

客人们见此举动，颇不高兴，七嘴八舌地说："这太不像话啦！"

萨依穆忙对大伙说："果园老人许诺嫁给我的是个残疾姑娘，可是老人却撒谎骗人，嫁给我这样美丽的姑娘。我决不娶谎言者的姑娘。"

果园老人得知情况后，来到萨依穆家中，对女婿说道："孩子，现在完全证实你是个诚实的青年。当初我说我的女儿耳聋，是说她不听信流言蜚语；说她眼瞎，是说她眼不看非礼、伤雅的东西；说她不会说话，是说她在人背后不论长道短；说她的手不能拿东西，是说她不伸手接受旁人的礼物；说她的脚不能走路，是说她不去那些不三不四的地方游荡。

把自己的女儿许配给你这样忠厚老实、心地纯正的青年,我也就放心了。"

萨依穆听了连连点头。果园老人的姑娘不仅人才出众,而且聪明贤惠。他们成亲后,相亲相爱,勤俭持家,日子过得很幸福。

艾沙·赫山　搜集整理

赵世杰　翻译

牧人与雪鸡

犯疑心的国王

　　古时候,有个国王,仗恃自己国家的强盛,过着花天酒地的奢侈生活。他犯了疑心病,生怕有人暗算了他,睡觉时连自己的贴身卫士都不放心,总是让丞相或自己的儿子守卫在他身边。尽管这样,他还是疑心重重,怕丞相或儿子行刺暗算,篡夺王位。因此,每天夜里他虽然睡在床上,却悬心吊胆,合不上眼皮。国王对自己的安全很是担忧,绞尽脑汁也没有想出办法。最后,他招来全城的哲人贤士,向他们求策问计。贤哲们虽然给他想出了许多很好的办法,可是没有一条称国王的意。相反,他还怀疑贤哲们,怕他们用心不良,会乘机向自己下毒手。

　　一天,国王无心料理朝事,便带上卫士出外去狩猎。当他走进一片葱茏茂密的森林时,忽见一群猴子爬到树上,从这个树杈跳向那个树杈,一个追逐着一个,眨着诡秘的眼睛嬉戏着。国王停住脚步欣赏了一阵儿,发现猴子的动作十分敏捷,心想:猴子的相貌跟人一样,但它们是不会有野心的。

犯疑心的国王

如果让猴子做我的贴身卫士，它们绝对不会危害我的性命。"想着，国王立即命令卫士捉了几只猴子带回王宫，指派专人饲养起来，并开始加以教育和训练。经过很长一段时间的教育后，国王便安排猴子充当他的贴身卫士。从此，每当晚上国王就寝的时候，猴子便提着明晃晃的大刀，在床周围转来转去，警惕地保卫着国王，不让任何东西接近。国王对此很是满意，认为自己的安全从此有了可靠的保证。

夏季的一天，烈日炎炎，天气格外热，国王心里闷得难受。为了消热解闷，凉凉快快地度过一夜，他便派人在王宫花园里安了一张床，在床四周点燃无数支蜡烛。

晚上，国王来到花园里，舒舒坦坦地睡在那张床上。猴子照旧提着明晃晃的大刀，神秘地眨巴着眼睛，在床周围走来走去，保卫着国王。到了半夜，当国王睡得正香的时候，忽然扑噜噜飞过来一只大灯蛾，在燃烧着的蜡烛周围盘旋了几圈，便飞落在仰面睡着的国王的额头上。猴子见了，对灯蛾很是生气，立刻高高举起锋利的大刀，对准灯蛾狠狠地砍下去。结果，灯蛾飞开了，国王的脑袋却被猴子像切西瓜一样劈成两半了。

买汗买堤·巴吾冬　搜集
赵世杰　翻译

三个"傻瓜"

在很久很久以前,有三个朋友,一个是毛拉,一个是巴依,一个是杜阿。有一天,他们碰在一起,就坐在大路边聊天,正当他们谈论得没意思的时候,村里的一个穷人从他们面前路过,向他们说了一声"撒拉木"。这个穷人走过去之后,三个人为这个撒拉木争执起来,争得脸红脖子粗,都说这个人是向自己说的撒拉木。毛拉抢先说:"这个穷人的孩子在我那儿念书,因穷交不起学费,所以他是向我说的撒拉木。"

这时,杜阿很生气地抢着说:"我是这个村子里伟大的伯克的杜阿,他一定是尊敬我的,所以是向我说的撒拉木。"

"不,不对!"巴依说,"你们两个说的都是假的,他是向我说的撒拉木,因为这个穷人住的房子是我租给他的。"

就这样,他们争论了很长时间。由于各不相让,竟动手打起来了。最后,他们到皇帝那里去告状。皇帝说:"你们三个人分别讲一讲自己的傻事,看谁最傻我就下令把那个撒

牧人与雪鸡

拉木给谁。"

三个人为了争这个撒拉木，就开始讲述自己的傻事。

第一个是毛拉先讲，他想了一下，流着眼泪说："我在这个村子里教书。有一年夏天，我上完课以后太渴了，就走到院子里的水缸前，我往里一看，水缸里有一个像我一样的毛拉，他不向我问安，还直愣愣地看着我。我对他这种行为很不满，就对他说：'喂！没礼貌的贼，这是学生们喝水的水缸，你为什么进去？'我这样生气地向他喊叫，他也像我一样，摆出一副生气的样子，皱着眉头，不断地活动着嘴巴。我把手一甩，他也跟着把手一甩。看到这种情景，我就更加生气了，就对学生们讲：'哎！孩子们，水缸里进去了一个毛拉，他把水都弄脏了。我进去把他抓出来，你们准备好，听到我一出声音，你们就狠狠地打，给他点儿颜色看看。'讲完之后，我进到缸里。可我翻来覆去地找，缸里什么人都没有，真有点儿奇怪。我从缸里伸出头来，两个肩膀卡在缸口，着急地从嘴里喊叫了一声，站在缸边准备好棍子的学生们，立即向我的头上、脸上打了过来，我不断地喊：'唉！我是你们的老师，你们不要打了！'但无论我怎么解释，他们还是不停地打。最后，我挣扎着从水缸里出来，总算保住了一条命。他们把我打得鼻青脸肿、头破血流，我足足地休养了一个多月，才算治好。我就是这样的傻瓜。"

毛拉讲完之后，轮到巴依了，他讲："有一年我老婆怀孕了。都说怀孕的女人不能干重活儿，她就这样什么重活儿都没干，舒舒服服地生了孩子。过了四十天，她还是在床上躺着，尽拣好的吃，就这样她一天天地胖起来了。这事真让我生气，气得我也生起病来。我想借机躺在床上，逐渐发胖。从我病了以后，老婆开始少给我饭吃，我忍不住饿，向老婆要。她不但不给我，还说：'病人是不能多吃饭的！'我就饿着躺了六天，第七天我老婆就去请医生了。我利用这个机会想找一些东西吃，但是老婆把馕锁在箱子里，把钥匙带走了。突然院子里的鸡叫起来了，我想，有了，便急忙走到院子里，从鸡窝里掏出七个鸡蛋来。为了在我老婆请医生回来之前把鸡蛋吃完，我急忙把鸡蛋煮上，还在半生半熟时就开始吃。就在我吃完第六个，还剩下一个蛋时，院子的门开了。我的心吓得快要跳出来了，赶紧把鸡蛋整个放到嘴里，跑回床上躺下来。老婆带着医生走进屋里，开始给我检查。我嘴里的鸡蛋还没吞下去，嘴巴鼓出一个大包来。医生检查来检查去，哪儿也没毛病，最后看见了我的嘴巴。他摸了摸我的鼓包高兴地说：'找到病源了，所有的病都在这儿呢。你不要动，我要开刀把它取出来。'听了医生的话我非常害怕，但还是按医生说的做了。我忍不住疼痛乱动起来，我老婆给医生帮忙，把我的手脚都按住，这样医生从我嘴里把鸡蛋拿了出来。医生指着鸡蛋对我说：'你这个人，也太能忍受了，嘴里的脓包发展到这么大，中间已经发黄了。'医生给我开完刀，我躺了二十多天，不用说胖，反而一天一天地瘦下来了。我就是这样的傻瓜。"

第三个轮到杜阿讲了，他说：

"你们两个都不如我傻。我们家有哥俩。有一天，我哥哥外出，正好这时我父亲死了。我哭着把亲友和乡邻都请来做乃孜尔。中午我哥哥回来了，他一看做乃孜尔的人都来了，可锅还没安起来，柴火也没有，就很生气地骂了我一顿。他又给亲友乡邻们道了歉，说乃孜尔明天办。

"人们走了，我哥哥又教训了我一顿，叫我明天中午之前上山去，把柴火打回来。我带了三头毛驴，夜里就出发到森林里去了。天亮前，我把柴火打好，放在驴背上往回走，半路上遇到一个白胡子老头儿。我想，谁这么早到森林里来？噢！一定是神仙。我走到他跟前去向他请安，并问他说：'神仙，您看我能活到什么时候？'老头儿笑了笑说：'当你的这三头毛驴放三个屁的时候，就是你的死期。'回家的路上，我害怕毛驴放屁，就在一头毛驴的屁股里塞上了我的帽子，一头毛驴的屁股里塞上了我的腰带，把最后一头毛驴的屁股包得紧紧的，就这样小心地赶着毛驴往回走。这时飞来一只乌鸦，突然'啊'地叫了一声。第一头毛驴一惊，吓出来一个屁，同时把我的帽子也崩出来了。我只好拾起帽子继续走路。快到村子的时候，突然跑出来一条狗，'汪'地叫了一声，第二头毛驴一惊，跳了一下，放了一个屁，把腰带也崩出来了。这时我心里很害怕，但又没办法，把腰带拾起来，小心地赶着毛驴往前走。快到家的路上，有一座高高的很狭窄的桥，我把前面两头毛驴赶过桥去，再回来把最后一头驴的屁股包了一下，用尽全身的力量，小心翼翼地把它弄上桥去，就在快走过桥的时候，这头毛驴也放了一个屁。我想完了，就横躺在桥上死了。不一会儿，伯克的一个差人有急事，骑着一匹马飞快地跑过来。差人跑到桥上一看，地上躺着一个人，忙喊道：'喂！白吃饭的东西，你为什么躺在桥上？是不是身上发痒了？''不！不！我是个死人，我是站不起来的！'差人发火了，说：'等着，我会让你很好地站起来的。'那差人下马来，把马绑在柳树上，随手折了一根粗柳枝，说：'你马上就会活过来的。'说着他走到我身旁，拿着柳条抽打了我一下，我静静地躺着。差人更生气了，说：'我看你这个家伙起不起来！'他没头没脑地、狠狠地打起我来。这下我实在忍受不住了，马上爬起来了。突然，我想到我父亲死了的事。对了，是这根柳枝把我治活的，这可是无价之宝啊！我就恳求那个差人把柳枝卖给我。我把三头毛驴和所有木柴都给他，买下了那根柳枝便急急忙忙跑回家。

父亲的尸体放在大床上，我奔过去就用柳枝抽打了一下。父亲没有动，我又抽打了第二下，还是没有动。我再用柳枝没头没脑地、狠狠地抽打，一边打一边说：'看你这家伙起不起来？'但他还是一动不动地、静静地躺着。我想可能是抽打得不够狠吧，好，再用点儿劲儿。正当我又狠狠地抽打时，哥哥进来了。他怒气冲冲地把我手中的柳条抢过去，说：'父亲活着的时候，你不好好地照看他，他死了你为什么还要打他呢？没良心的东西！'一边骂一边就用柳枝狠狠地打起我来。"

皇帝听了，认为这三个人一个比一个傻，就把这撒拉木平分给他们了。毛拉分到的是说撒拉木的声音，巴依分到的是说撒拉木时的手势，杜阿分到的是说撒拉木时弯腰的动作。

三个人都认为皇帝的判断是英明的，就高高兴兴地回家去了。

吐尔逊伊布拉音　搜集整理

其洪家儒桂兰　翻译

果罗泉

拉布山脚下有一口泉,这泉水灌溉着鸡麻坪的一片田地。一年,财主在泉水下面安葬祖坟,说泉水伤了风水,便铸了一座铁人,把泉口堵了。

从此,水被封在山里,一滴也流不出来。

从此,鸡麻坪的大片水田都断了水。

从此,鸡麻坪的人们过着更苦的日子。

寨子里有个白胡子果罗,见财主堵了泉口,使大家过得越来越苦,就对儿子说:"孩子,凿开大铁人吧,救救田地,救救大家!"

儿子拿起铁凿,走到拉布山脚下,"嘭嘭嘭嘭"地对准大铁人就凿了起来。凿了一百天,大铁人丝毫没有损伤。这事给大财主知道了,派了十来个打手,把果罗的儿子捉走了,从此,下落不明。

果罗又对孙子说:"孙子啊,把大铁人凿开吧,救救田地,救救大家!"

孙子拿起铁凿走到拉布山下,"嘭嘭嘭"地对准大铁人就凿。凿了一百天,大铁人丝毫没有损伤。财主知道了,又派了十来个打手,把果罗的孙子捉去了。以后,孙子也没有下落了。

果罗在拉布山下,咬着牙根愤恨地望着铁人,白胡子一根一根地竖起来了。

有一天,果罗在田里挖塘积水,挖了四五尺深,看见泥巴一动一动的。他把泥巴扒开,见一条三四斤重的大鳅鱼在泥里张着嘴喘气。果罗怜惜地说:"鳅鱼啊,泉水被大铁人堵住了,你在这里受苦啊,我送你到大河里去吧。"

果罗找来了一个水桶,把大鳅鱼捧进桶里,走到河边,把鳅鱼放进河里,说:"鳅鱼啊,大河里满是水,你在水里自由自在地游吧。只可怜鸡麻坪的人们还受着干旱的痛苦。"

鳅鱼把头伸出水面对果罗说:"老人家,我告诉你一个凿开大铁人的方法吧。大海里龙王的宫殿旁边有一所监牢,牢门上有根钢门闩,你把门闩拿来,打一把大铁锤,打一把大凿,就可以把大铁人凿开了。"

果罗说:"我怎么能下海呢?"

鳅鱼张开大口,吐出一颗珠子,说:"你走到大海边,把珠子吞到肚里,变成一条鳅鱼,就可以下海了。"说完,尾巴一摆,钻进河里去了。

果罗把珠子揣在荷包里,飘着白胡子往海边走去。

不知走了多少天,也不知走了多少夜,果罗到了大海边。他一口吞了珠子,只觉得周身发痒。他在地上打了一个滚儿,变成一条大鳅鱼,昂着头钻到海底去了。

果罗来到一座金碧辉煌的宫殿面前,他知道这就是龙宫。他看见一个凶恶的龙王坐在殿上吹胡子瞪眼睛,要虾兵蟹将去敲打一群一群小鱼,要鱼儿吐出珠宝来。鱼儿叫苦连天。果罗愤愤不平,心想:这海里也像人间一样啊!

果罗回头见宫殿旁边有一座铁栅栏,一根大钢门闩横在闸门上。门里关着一大群鱼,他想,这大概就是监牢了。当时,守监牢的虾兵蟹将只顾敲打那些关在监牢里的鱼,果罗就乘机悄悄溜到牢门前,尾一卷,头一撞,几下就把钢门闩弄脱了。

钢门闩脱了,铁闸门开了,被关着的鱼一下冲了出来,果罗说:"请你们帮助

我把这根门闩推到岸边。"果罗跳到岸上,吐出珠子,又变成个白胡子老人。

他向那群鱼道了谢,扛着钢门闩,不分日夜地赶回寨子。

果罗烧起炉子学打铁,烧了一百天才把钢门闩烧软,他的皮肤被灼伤了,眼睛被烤红了,胡子也被烧秃了。

果罗又打了一百天,打成了一把钢锤和一把钢凿。他扛着钢锤和钢凿走到拉布山下,对准大铁人就"嘭嘭嘭"地凿

起来，凿了三天三夜，大铁人快要裂开了。

大财主听说果罗快把铁人凿开了，急忙带了一伙打手来捉果罗。他们到了对面山上，用石头向果罗砸来，把果罗周身打得鲜血淋漓。

但是，果罗仍旧"嘭嘭嘭"地凿个不停。财主和打手们急忙跑到铁人下面，正要拉果罗，忽然"轰隆"一声巨响，大铁人裂开倒在地上了。顿时积在山里的泉水猛一下冲出来，把财主、打手和财主的祖坟都冲走了。同时，果罗老人也不见了。

从此，鸡麻坪的一大片田地又成了"饱水田"。

人们为了纪念果罗，就把这个泉叫作"果罗泉"。

肖甘牛　整理

虎爹爹

　　从前,有一个孤儿,父母死得早,家里很穷,靠帮有钱人家干活儿度日子。

　　有一天,孤儿去帮财主家犁地。犁了半天,肚子饿了,就坐下来休息。突然,草丛中传来了"孩子,孩子"的叫声。孤儿四处张望,问:"你是谁?"草丛中传出声音:"我是你爹爹。""你是我爹爹,你出来我看看。""我出来,你会害怕的。"原来孤儿的爹爹死后变成了一只老虎,他路过这里看见自己的孩子怪可怜的,就想把孩子带去。他把尾巴伸到外面去给孩子看。孤儿说:"你全身都出来嘛!"老虎说:"好。"就走了出来。孤儿一看是一只老虎,就吓昏了!老虎赶忙上前抱住孤儿呼唤,孤儿慢慢醒了过来。老虎说:"不要怕,我真的是你爹爹,我带你走吧。"孤儿点了点头,就跟着老虎爹爹走了。

　　他们走着走着,就到了一个寨子,见一群姑娘在一棵大树边玩儿。她们都是本寨一个财主的女儿,爬得最高、长得

牧人与雪鸡

虎爷爷

最漂亮的是财主的七姑娘,名叫小宙,她很勤劳。老虎在草丛中指着七姑娘对孤儿说:"孩子,你喜欢她吗?"孤儿害羞地点了点头。老虎说:"好!只要你爱上她,我就帮你办这件事。"说完,跳了出去。姑娘们见到老虎都吓跑了,只有小宙爬到树顶,来不及跑,被老虎抢到手了。孤儿就从草丛中走出来,老虎背着小宙和孤儿逃走了。

几个姑娘跑回寨子把此事向小宙爹爹一说,她爹爹大吃一惊,立即命令家丁快去把小宙追回来。家丁们抓起铜炮枪和弓箭跑出去,追呀追,追到了一个岔路口。大家四处搜查,有一个家丁发现有一处满地鲜血,还有几根肠子在树枝上挂着,惊叫道:"不好了,你们快来,小宙完了。"大家跑过来,看着满地的鲜血和树枝上的肠子,断定小宙是被老虎吃了,只好低着头回家了。原来,当孤儿、小宙和老虎到岔路时,老虎叫他们上前面去等它,它却到另一个寨子里去抓一头猪来吃,把猪血洒满地,还把吃剩下的猪肠子乱挂在树枝上。再说小宙见孤儿是一个聪明、英俊的少年,她愿意和孤儿共度一生,所以就和孤儿、老虎逃走了。

他们走到一座百丈高的悬崖旁,岩脚很干燥,有两层,里面简直像天堂一样。他们就在这里安下身来,住了一晚。一早,老虎对他俩说:"你们就在这里住吧,我出去搬石头来把岩脚砌成一间房屋。"说完,就出去抬石头了。他抬了一天的石头，第二天就开始砌了。时间一天天地过去，岩脚终于砌成了一间坚固的石头房子。老虎说："现在房子已盖好，我下山去找吃的。"到了晚上，老虎扛着野猪、马鹿、斑鸠、野鸡回来，放在石头房子里。

几天后，老虎对孤儿和小宙说："孩子，这地方我不能久住，我得离开这里到南方去。我走后，你们要多加小心。在那边的大森林里，有一只大红狮子，再过去的原始大森林中，还有一只比红狮子还要凶恶的大黑狮子。我走后，他们可能要来威胁和伤害你们。一旦出了事情，你们就敲烂铜烂铁，使我的耳朵发热，我就回来救你们。"说完，老虎转身就走了。

天长日久，孤儿和小宙很想念爹爹。小宙想起爹爹临走时对他们说的话，就对孤儿说："哎，爹爹走的时候不是说过吗，只要敲烂铜烂铁，他的耳朵发热，就会回来了。"孤儿马上找来烂铜烂铁，俩人敲起来……

老虎和母虎在南方的大森林里，还有两只小老虎。他们正在找食，老虎的耳朵突然发起热来，就对母虎说："孩子他妈，不好了，可能小宙他们出事了，我要去看看，你好好照料这两个孩子。"说完，就走了。老虎翻山越岭，喘着粗气跑到孤儿和小宙那里，忙问："出什么事了？"孤儿不慌不忙地说："没事，只是我们想念你，所以就叫你回来了。"

老虎说:"孩子,以后再不能这样做了,一旦真出了事情,我就会误会,那你们就要遭殃了。从现在起,除了有事以外,不允许你们再敲了,这里我是不能住的。"说完,虎爹爹就走了。

老虎刚走不久,大森林里的大红狮子来这里找吃的,发现有人住,就大吼大叫地搬墙脚的石头。孤儿和小宙见势不妙,立即敲起烂铜烂铁。这样,又引起老虎的耳朵发热。他想:我刚回来不久,不会是孩子们想我,一定是出事了。他赶忙跑来,刚跑到离孤儿和小宙的家不远的一个岔口上,就看见大红狮子在搬墙脚的石头,他怒吼一声,猛扑过去,把大红狮子按倒在地,大红狮子又猛力地翻过身来。战了几个回合,难解难分。孤儿和小宙发现虎爹爹来了,抬起弓箭走了出来。孤儿向大红狮子猛射一箭,射中大红狮子的头部,老虎赶紧咬住大红狮子的喉咙,大红狮子挣扎了一会儿终于不动了。老虎对孤儿、小宙说:"现在大红狮子死了,还有大黑狮子,如果大黑狮子来了,你们就立即叫我。我可能战不过他,到时候你们要出来帮忙。"第二天一早,他又回南方去了。

时间一天天地过去了,原始大森林里的大黑狮子把周围的小动物都吃光了。这天,大黑狮子出来找食吃,发现有谁住在这里,就吼叫着去搬石头。孤儿和小宙急忙敲起烂铜烂铁来。这时,在南方的老虎耳朵突然发热,就对母虎说:"孩子他妈,可能是大黑狮子出来威胁孩子了,我先去看看。你和两个孩子也来帮我的忙。"说完,就匆匆忙忙地走了。

刚走到那个岔口,就看见大黑狮子在搬石头。眼看就要刨通到家了,老虎怒吼起来,猛扑过去,却被黑狮子按倒在地上了。老虎大叫一声:"孩子,快出来帮忙!"孤儿抓起弓箭,小宙拿着斧子出来了。孤儿想射箭,可老虎和大黑狮子战得你翻我滚,怕射中了老虎。小宙看到这情景,上前去,举斧想砍,但是大黑狮子的力气比老虎大,一下子又把老虎掀倒了。眼明手快的小宙照着大黑狮子的头猛砍一斧,大黑狮子惨叫一声,滚下山坡。这时,母虎带着两只小虎也赶到了。

几天后,两只小老虎要出门去,小宙对他们说:"你们出去可要注意,只能吃新鲜的,不能吃剩下的。"两只小老虎刚走到一个寨子,他们就咬死人家的一头猪,吃了一半,还剩下一半没有吃完就走了。他们转了半天,大的那只肚子有些饿了,就说:"今早我们吃的那头猪还剩一点儿,我们回去把它吃掉算了。"小的老虎说:"我们出来时嫂嫂不是说过不能吃剩下的东西吗?"大的说:"哪里!嫂嫂说,少吃新鲜的,多吃剩下的。"他们争吵了半天,小的争不赢大的,大的走到吃猪肉的地方,看见那一半猪肉还在,高兴极了，抓起就大口地吃了起来。吃完后，他向前走了几步，倒在地上滚了几下，就不动了。原来是人家放进了毒药。那只小老虎等了好半天不见哥哥回来，就去找，被猎人用弓箭射死了。

孤儿、小宙、虎爹爹和虎妈妈在家等了两三天，都不见两只小老虎回来，心里很着急，就决定分头去找。虎爹爹走到一个寨子里，觉得肚子饿了，就去偷人家的猪吃，不料被人发现，发动全寨的人去追他。再说虎妈妈找孩子，找哇找，找到一个树林里，不料也落入猎人的陷阱，被猎人打死了。

虎爹爹被追得精疲力竭，又被一支箭射中了胸部，好不容易才跑到孤儿和小宙那里。他对小宙和孤儿说："我不行了。我被人射中了，现在他们正在追我。如果他们追上来，你们就喊：'这只老虎被我们打死了。'他们问你们要什么，你们就说：'只要虎骨就行了。'他们走后把我的骨头放在柜子里。"说完，虎爹爹就断气了。猎人们越来越近了，孤儿和小宙只好擦干眼泪，拿起弓箭，喊道："快来呀！老虎被我们打死了。"猎人听到喊声，立即跑来，高兴地说："太好了，你们要什么？尽管挑选。"孤儿说："只求你们把虎骨剔给我，其余的归你们。"猎人们更高兴了，把虎骨剔出来给孤儿，扛着虎肉下山去了。

孤儿把虎骨扛回家来,就按虎爹爹临死前说的做了。过了几天打开柜子,里面的虎骨全变成了金银财宝。从此,孤儿和小宙的生活越来越好,一直到老。

勐　朵　搜集整理

花边姐姐

从前，一座寨子里有一个美丽的姑娘，她很会编织花边。她在花边上编出的花草鸟兽光彩耀眼，像活的一样。大家都管她叫花边姐姐。

人们只要得到花边姐姐编织的一条花边，就马上缝在衣衫上或袖筒上，他们总是高兴地说："唔，你看，我身上有花边姐姐的花边呀！"花边姐姐的名声，立即传开了。

各村寨的姑娘都来向花边姐姐学编织花边。花边姐姐也尽心地教她们。可是，学来学去，都不如花边姐姐编织得好。花边姐姐说："耐心学吧，我一定要教会你们！"

花边姐姐的名声越传越远了，一传传到皇帝的耳朵里啦！皇帝把大臣臭骂一顿，说："有这样一个又美又巧的姑娘，你们为什么不早告诉我！"他立刻派大臣带了一队人马，翻山越岭来抢夺花边姐姐。

花边姐姐哪里愿意去呢，她说："我要教姑娘们编织花边啊！"

大臣说："皇帝要你去，你怎敢抗拒不去？"

姑娘们也紧紧地围住了花边姐姐，不让她被那些豺狼们抢去。大臣喝令兵士们动手，便把花边姐姐塞进一乘小轿里了。花边姐姐在轿子里一面挣扎着，一面还不住声地对姑娘们哭喊着说："我就是死了，也要想法子教你们织花边啊！"

一队人马吆喝乱嚷地抬着小轿走远了。

小轿抬到皇宫里，花边姐姐死也不肯走出轿来。

皇帝喝令宫女，硬把花边姐姐拖了出来。

皇帝说："你来到这里，永远也不能回去了。"

花边姐姐想到自己那美丽的寨子，想到寨子里的众姐妹，她恨透了皇帝。恰好皇帝来拉她，她狠狠地咬了皇帝一口，把皇帝的手指咬破了。

皇帝恼羞成怒，把花边姐姐关进监牢里。

第二天，皇帝走到监牢门口对花边姐姐说："你跟了我，有享不完的福，饭来张口，衣来伸手，你莫蠢啦！"

花边姐姐大声地说："我只爱我那寨子，我只爱我那寨子里的姐妹们。我死也不在这里！"

一个大臣听了，对皇帝说："把她杀了吧。"

皇帝脸色一变，对那大臣说："我费心费力好不容易才把她弄了来，你不给我想个好办法，反倒劝我把她杀了，要你有什么用！兵士，砍了他的头！"

兵士们一声吆喝，把那大臣推出去杀了。

臣子们吓得脸都青了，浑身像筛糠一样发抖。

另一个大臣凑近皇帝的耳朵说了几句。皇帝点点头，咧

开嘴笑着对花边姐姐说:"听说你的花边编织得很好,不知是真是假。你只要在七天内在花边上编织出一只活公鸡来,我就放你回家。要不,你就得永远跟着我。"

花边姐姐流着眼泪在监牢里日夜赶织那只公鸡。到了第七天,果真一只公鸡编织成了。她咬破手指把血滴在鸡冠上,又把眼睛一眨,一滴泪水像珍珠一样滚进公鸡嘴里,只听"扑棱"一声,公鸡便站起来了。

皇帝走进监牢,一抬头,看见那只活蹦乱跳的公鸡,不禁惊呆了。他说:"这是宫里养的公鸡,不是你编织的。从今天起,再限你七天之内给我编织个野鹧鸪出来,要是办得到就送你回家!"

公鸡突然跳起来,飞到皇帝的头顶上,竖起颈毛叫道:"我可怜花边姐姐啊!我恼恨皇帝啊!"臣子们忙来赶公鸡。公鸡用脚爪在皇帝额上抓了几下,飞到花园里,不见了。

皇帝的额头鲜血直淌,又恼又羞地走开了。

花边姐姐流着眼泪在监牢里日夜赶织那只野鹧鸪。又过了七天,把鹧鸪编织成了。她咬破指头把血抹在鹧鸪羽毛上,羽毛染得红斑斑的,又把眼睛一眨,一滴泪水像珍珠一样滚进鹧鸪嘴里,只听得"扑棱"一声,鹧鸪便站起来了。

皇帝又走进监牢,一抬头看见鹧鸪,惊呆了。他说:"你错了,我叫你编织天上的龙啊,谁叫你编织这个东西?再限你七天时间,给我编织一条龙。织不好,就得永远跟着我!"

鹧鸪突然跳起来,飞到皇帝的肩膀上,张开嘴叫道:"花边姐姐苦苦,恼恨皇帝哟!"臣子们忙来赶鹧鸪。鹧鸪伸起脚爪,拼命往皇帝的脖颈上抓了两爪,飞出宫墙,不见了。

皇帝的颈上鲜血直淌,又恼又羞地走开了。

花边姐姐在监牢里含着眼泪日夜赶织。过了七天,织成了一条小龙。她咬破指头,用血把小龙染成一条红龙,又把眼睛一眨,一滴眼泪像珍珠一样滚进小龙嘴里,只听得"扑棱"一声,小龙活了。

花边姐姐摸着小龙说:"小红龙啊,虽然你活了,可皇帝还会反口的,他会说他叫我织的是鱼!看来,我是回不到寨子去了!"

皇帝一走进监牢,被小红龙吓呆了,忙说:"这不是龙啊,是一条蛇!"

小红龙发怒了,抬起头来,张开大嘴,喷出一团熊熊的大火球,把皇帝和臣子们都烧死了。大火球滚出了监牢,又把皇宫烧了。

花边姐姐跨着红龙升上了天。在天上,她照样勤苦地织着花边。如今天上常常出现五颜六色的长虹,那就是花边姐姐织的。

元宝姑娘

苗山古时候有一个苗王,他一连讨了九个老婆,但都没有生育。为了传宗接代,他就去抢了一个穷人家的孕妇来强迫成亲。六个月后孕妇生下一个女孩儿,苗王乐得眉开眼笑,给她取了个名字叫"元宝姑娘"。从此,他逢人就吹牛,夸他家祖坟的风水如何如何好,结亲半年就生下孩子,真是天下少有,不是个仙女才怪呢。

春去秋来,转眼就过去了十八年。元宝姑娘长得非常美丽,连天上的飞鸟看见了也忘记摇翅膀。苗王把元宝姑娘当成摇钱树,大年三十儿晚上请来几桌贵客,说要找一个豪富亲家。消息传出去以后,求亲的人就陆陆续续地登上门来啦。有各个寨主请来的媒人,有州官请来的媒人,还有珠宝巨商请来的媒人……在这些求亲的门户当中,最有权势、最富有的要算土司,其次是州官。土司的儿子是文相公,州官的儿子是武相公。他们两家都要娶元宝姑娘,谁也不让谁,吵得乌烟瘴气。苗王当然想把元宝姑娘嫁给土司的儿子,但是又怕得罪州官，心里很是着急，不知如何是好。后来苗王的大老婆想出了个办法——用抽签来解决，谁抽中签就嫁给谁。苗王想了想，觉得不妥，要是土司的儿子抽不着怎么办？最后还是苗王自己想出了个自以为十全十美的办法：三月三在草坪上搭个招亲台，让元宝姑娘拿着绣球在台上站着，求亲的人都得从台前经过，元宝姑娘把绣球抛给谁就嫁给谁。这样，便可把绣球抛给土司的儿子。

到了三月三那天早上，草坪上人山人海，远远近近的男女老少都赶来看热闹。在元宝姑娘将要登上招亲台之前，苗王又再三叮嘱她，一定要把绣球抛给土司的儿子。

当元宝姑娘像凤凰一样出现在招亲台上的时候，人们都全神贯注地看着她，看她到底把绣球抛给谁。只见寨主们的儿子过去了，州官的儿子过去了，珠宝巨商的儿子也过去了，但绣球仍旧还在元宝姑娘的手里。苗王暗暗高兴，以为元宝姑娘真是听他的话，要把绣球抛给土司的儿子。最后是土司的儿子来了，他穿着特别阔气的衣服，骑着高头大马，神气十足地来到台前。可是元宝姑娘却垂着眼皮，连看也不看，绣球还是在她手里拿着。站在旁边的苗王气极了，气得五官都移了位置，恨不得抢下元宝姑娘手中的绣球给土司的儿子送去。人们见元宝姑娘没有选上女婿，七嘴八舌议论着，纷纷离去。这时一个卖柴的青年挑起他的担子，迈着大步赶路进城。当他经过招亲台前面的时候，元宝姑娘竟笑眯眯地把绣球向他抛去……这时，散去的人们又像潮水一般围拢来，草坪上扬起一阵又一阵欢呼声。

苗王气得七窍生烟，暴跳如雷，他跳到台前，宣布元宝姑娘抛的绣球无效，说还要进行一场比赛来选婿。他当场安排：卖柴青年到云南去买花鼓，一定要云南货，其他地方的不算数；州官的儿子到苗王的果园去射一树桃花，百步开弓，不准剩下一朵；土司的儿子到苗王的正堂去做一篇三千字的文章，不准多一个字，也不准少一个字。限期三天，谁先完成就将元宝姑娘嫁给谁。他想，这样一来，土司的儿子无疑会赢。文武两相公当然喜出望外。卖柴的青年心里想：从苗山到云南几千里路，三天时间到都到不了，怎能回来？这分明是苗王在作弄自己！不过他又想：既然元宝姑娘这样看得起自己，即使她嫁给别人，也应该到云南去买一个花鼓来送给她。于是他城也不进了，马上就启程到云南去。他大步流星地走哇，走哇，天快黑的时候来到一条大河边，看见河岸上坐着一个唉声叹气的瞎老头儿，卖柴青年就关切地问他有什么伤心事。瞎老头儿说他要过河去投亲，但是水太急了过不去，夜晚不知去哪里安身呢，所以唉声叹气。卖柴青年安慰说："不要紧，老人家，我背你过河。"说着就弯下腰，背起瞎老头儿过河了。过完河，卖柴青年恭敬地告诉瞎老头儿："老人家，到岸啦，下来吧。"但是他听不到回音，转过脸来一看，瞎老头儿不见了，一个货真价实的云南大花鼓就在自

牧人与雪鸡

己的背上。喜从天降,哪能不高兴呢?他不怕路陡天黑,不怕豺狼虎豹,连夜就赶回去了。

话分两头说,文武两相公幸灾乐祸地望着卖柴青年远去以后,也就互不相让地各自行动起来。到了第二天将近中午的时候,文相公的文章已完成三分之二,他向果园望去,见武相公射一树桃花只落了一半,不由得喜形于色,笑容浮上脸来。他胸一挺,以胜利者的口气要元宝姑娘给他倒一杯茶。他接杯在手,得意地瞟了元宝姑娘几眼,呷了两口茶,往椅子上一靠,跷起脚,摇头晃脑哼起诗来:"后园桃花射半边,三千文章得两千,穷鬼云南买花鼓,这朵金花我……"他还没有说到"姻缘"二字,动听的云南花鼓声就传进家来了。元宝姑娘立刻把茶杯抢了过来,也念出一首诗道:

"吃我茶来退我蛊,
我郎花鼓响叮咚。
一文一武空瞪眼,
画眉从此飞出笼!"

元宝姑娘念完,头也不回,就和卖柴青年欢欢喜喜地成亲去了。

肖丁三　龙怡凡　搜集整理

挖金子

从前有一家人,只有妈妈和一个儿子。儿子祢果年纪小,妈妈身子硬实,风里来雨里去地做活儿,日子过得很好。

后来,妈妈年纪大了,力气一天比一天差了。她想:儿子长大了,早点儿让他学学盘田种地、操持家务的本事,不然自己眼睛一闭,他还什么都不懂,往后的日子就难过了。于是,她就让祢果当了家,自己只在家里做点儿杂务事。

祢果当家才一年,就没有粮食了。有一天,妈妈把祢果叫到跟前,说:"儿呀,你老祖在世时,积攒了五百两金子,他死时交给你爷,你爷死时又交给你爹,你爹死时叫我交给你。"

祢果听说家中有这么多金子,半信半疑,忙问:"该是真的?"

妈妈说:"真的。你爹和我当家时,要吃有吃的,要穿有穿的,要钱有的是。老祖宗留下来的金子,都还保存得好好的。"

祢果说：“我不信。这么多金子，放在哪里都有一大堆，我们家只有三间房子宽，我为什么没有见着？”

妈妈说：“金子搁在外面，怕别人见了眼红，来偷抢走了。你老祖想得周到，把它埋在我们家的地里了。放在那里，天在地在，金子就在，不容易丢失。"

祢果说："今年粮食收得不多，六、七月间就要饿肚子了，能不能拿点儿来买粮食？"

妈妈说："不行。祖宗留下的财产不能随便花。花销完了，怎么对得起老祖呢？我们不能专啃老祖宗的肋巴骨啊！"

祢果说："暂时拿点儿来应应急嘛，用了多少，以后我挣来补上就行了。"

妈妈说："可以。"

祢果问："金子埋在我们家中哪块地？"

妈妈说："你老祖在世时告诉你爷，要金子就到地里挖。你爷也照样告诉你爹，你爹也叫我照这样告诉你。"

祢果问："埋多深？"

妈妈说："一尺二寸。"

祢果说："我的天！我家的地这么多，还要挖一尺二寸深，这五百两金子就难挖了！"

妈妈说："懒，就有点儿难；不懒，就不难。眼前又是春天，栽种的时候快到了，也该挖地了。你挖金子也挖了地，还不好吗？"

祢果听了妈妈的话，就去挖地。过了几天，地挖完了，却没有挖到金子。祢果问妈妈："妈妈，我们家的地里真的埋有金子吗？"

妈妈说："我听你爹说得清清楚楚是有的。"

祢果说："那为啥挖不着呢？"

妈妈没有回答儿子的话，想了一下，她反问道："你挖多深？"

祢果说："你说金子埋一尺二寸，我怕挖不着，就挖了一尺三寸。"

妈妈又问："地里的旮旯挖了没有？"

祢果答："旮旯地方石头多，草儿多，挖起来费力费时，去年就放了荒，没有挖。"

妈妈又问："地头地脑挖了没有？"

祢果答："那些地方地板藤多，刺棵多，挖起来最费力气，去年也放荒了，没有挖。"

妈妈听了儿子的话，笑着说："怪不得你挖不到金子呢。我们那块地东抵小黑河，西抵白石岩，南抵夹马石，北抵落水洞，从你老祖到我都挖完栽完，现在你把地头地脑、旮旯角角都放荒了，行吗？说不定金子就埋在那些地方，快去挖吧！"

祢果说："一年多没有栽什么庄稼了，刺多草长，咋个挖嘛！"

妈妈说："我教你，你用刀把草啦刺啦砍光，晒两天放火烧一下，就能挖了。"

祢果听了妈妈的话，又去挖地。过了几天，地全部挖完了，还是没有挖到金子。祢果又问妈妈："妈妈，我们家的地里果真埋着金子吗？"

妈妈说："妈妈哪个时候骗过你？有，有，有！"

祢果说："地都挖完了，为什么还挖不着呢？"

妈妈没有回答儿子的问话，反问儿子："我说的那些地方都挖过了吗？"

祢果答："所有的地全挖完了。"

妈妈又问："你挖起来的土块有多大？"

祢果答："大的土块像草墩那样大。"

妈妈听了儿子的话，笑着说："怪不得你又没挖到金子呢！一锞金子有多大你都不知道吗？咋不把土块拷细了找呢？说不定金子就包在那土块里，快去拷土块吧！"

祢果听了妈妈的话，又去拷土块。过了几天，土块全部拷细了，仍然是没有找到金子。

妈妈见儿子灰心丧气地扛着锄回家来，笑眯眯地问："金子挖到没有？"

祢果说："没有。"

牧人与雪鸡

妈妈说："挖不着明年再挖。桐子花开了，苞谷雀叫了，该栽玉麦了。错过节令明年吃什么？玉麦种我已为你选好了，去吧，把所有挖好的地都种上玉麦吧。"

…………

秋天，祢果种下去的玉麦都背了双个玉麦苞，有的还背了三苞！玉麦收完后，祢果家楼上堆满了大堆小堆的玉麦，房梁上也吊上了大挂小挂的玉麦！妈妈见了唱道：

"人懒地生草，

人勤地生宝。

土中有金子，

只怕懒得刨。"

祢果听了妈妈唱的歌，看了看金子般黄灿灿的玉麦，带着笑声喊："妈妈！"妈妈停止了歌唱，回答："喊我有什么事？"祢果说："你叫我挖的金子已经挖到了。"

妈妈哈哈大笑，问："在哪里？"

祢果高兴地大声回答："在——楼——上！"

刘德荣　袁崇瑶　搜集整理

牧人与雪鸡

天神的哑水

很早很早以前,人世间一切生物都会说话,都非常聪明。

那时有一个最有权力的天神名叫恩梯古兹,他认为地上的生物不应该比他聪明,于是就做了一种哑水,叫大家来喝。他向世间的生物说:"这里有一种'智慧的水',喝了会更聪明,你们快来喝吧!"

因为是天神的命令,世间的生物不敢不遵从;又因为听说喝了可以更聪明,因此都争先恐后地去喝这水,只有人得到消息迟了,走在最后面。当人去时,有一只青蛙因为走得慢,被别的动物踩伤了,在田边爬着。人见了问他说:"青蛙哟!你怎么落在后面了?"说着就用手把他捧起来,并用口轻轻地向他嘘气。

青蛙就对人说:"你真是个好人,我也应该替你做一件好事,其实我是故意走慢的。我知道今天那水不是什么'智慧的水',那是哑水,千万喝不得。若是要喝,也千万不要喝那些漂亮的金质木盔里的水,应该喝那用木叶装的水。请

天神的哑水

你给我也留一点儿，因为不喝一点儿是不行的。"

人听了他的话，继续向前走，当他走拢时，所有的生物几乎把金质木盔里的水都抢着喝完了，他就去取木叶里的水喝。这水味美，喝着很可口，但是不多，他刚一喝，就快没有了，他急忙放下木叶，想把剩下的水给青蛙留着。

他刚一放下，八哥和乌鸦飞了来，也要喝那木叶里的水，人为了要给青蛙留着，就急忙去挡。但他挡住了乌鸦，却没有挡住八哥。八哥喝了木叶里剩下的水，因此现在还能够说几句不完全的话。乌鸦没喝着，就在木盔里喝了一口，他一喝就知道不对，连忙"哇"地叫了一声，意思是"错了"，但是已经来不及了。因此，现在乌鸦只能"哇哇哇"（错错错）地叫着，再不能说话了。

青蛙去喝水时，因为人给他留下的已经被八哥喝去了，只好喝了一口木盔里的水，从此青蛙也就不能说话了。

青蛙对自己被害成哑巴非常不甘心，因此，他总是从黑夜到天明地聒噪着，想说话，但他无论如何也说不出来了。

萧崇素　整理

淌来儿

从前有个皇帝，不管理国家大事，不关心老百姓的疾苦，天天只晓得打猎。他的马队一出去，就随便践踏老百姓的庄稼，随便用弓弩射老百姓的羊群。

有一天，皇帝又出去打猎，远远地跑来一只马鹿，跑到皇帝的马跟前，转回头就又往前跑了。皇帝看见了喜欢得发癫，独个儿跟着马鹿屁股追。追过了九山十八箐，追过了十岭八道梁，最后追到一个大树林子里，马鹿不见了。太阳落山了，路也望不见了，他生怕老虎豹子把他拖去吃了，急得乱摸乱钻，好容易才钻到一家烧炭人的家里。他对烧炭的老头儿说："我是皇帝，你快快把我送回皇宫里去。"烧炭老头儿听了战战兢兢地说："啊，我的天，今晚我的媳妇要生孩子，我走不脱，你就在这里住一晚，明天我遵命送你去吧。"

皇帝住在烧炭人家的楼上。半夜，老头儿的媳妇生娃娃了。娃娃"唔哇唔哇"地哭，皇帝仿佛听到有人在说话。他扒着楼板缝往下一瞧，仿佛看见一个仙人托着蜡烛在瞧那白白胖胖的娃娃。仙人好像在说："这娃娃将来要做皇帝的女婿，还要当皇帝。"皇帝气得眼睛都眨不下来了。他悄悄地摸下楼来，把老头儿的媳妇一把扼死在床上。

第二天，烧炭老头儿端糠饭去给媳妇吃，喊了几声媳妇都不答应，走拢一瞧，原来媳妇已经死了。老人伤心地大哭起来。这时皇帝走下楼来，假惺惺地说："别哭，你把娃娃交给我，我把他当亲生儿子，把他带到皇宫去吧。"老头儿不知道他的恶意，心想只要把娃娃带得活，就交给他吧。皇帝得了孩子，以为大功告成了。他一到皇宫，就把一个老臣仆叫来："快去拿口铁箱，把这小东西装起，丢进大河里去。"老臣仆哪敢违令，硬着心肠照皇帝的话做了。

铁箱并不沉底，在河上漂哇漂哇，不知漂了多久，流了多远，后来铁箱漂流到一个渔村前边。打鱼的老两口子把铁箱拉了起来，打开一看，啊！里面躺着一个小孩儿，还睡得正香呢。老两口子心里爱极了。他们年过六十还没有生过一个娃娃，就把这个小孩儿当自己生的养起来。因为是顺水淌来的，他们给他取了个名字，叫"淌来儿"。

淌来儿一年年地长大了，长得粗壮结实，很会干活儿。十七年后的一天，皇帝打猎经过这里，他的马渴了，就叫村子里的人给他提饮马水去。淌来儿送水去，皇帝看见了顺便问老倌儿："这是你的亲生儿子吗？"老倌儿连忙回答："不是亲生也抵得上亲生的啰。十七年前我和老伴儿在河上捡起他,我们就辛辛苦苦地把他抚养大啦。"皇帝听了心里一惊,表面上又装着满不在乎的样子,继续问道:"怎么从河里捡起来的?"老倌儿说:"不知是哪家造孽,把娃娃装进铁箱子里,幸好可怜的小命儿给我们老两口子捡回来了。"

皇帝杀人的心不死,听了老倌儿的话以后,想的计策就更加狠毒了。他下马来写了封信,要淌来儿送到皇宫里去。那信上说:"这青年是我的仇人,接信后,不等我回来,立刻把他杀死。要紧要紧!"

淌来儿听见皇帝叫他送信,知道违抗不得,就把信揣在怀里,去向老倌儿辞别:"阿爹,皇帝要我送信。我走了,阿爹不要过分挂牵。"老倌儿拍着他的肩膀说:"爹不挂牵你,你也不要担忧,你好人路正,不要怕,记着快去快回。"

淌来儿走了三天三夜,还没有望见京城的影子。一天,在一个黑树林里迷了路,正在着急的时候,忽然看见前面有座白庙子。他走进去一看,见一个红光满面的白胡子老倌儿走出来。老倌儿和和气气地招呼他,留他吃饭,留他住宿。淌来儿像回到家里一样,感到屋子里很暖和,就呼噜呼噜地一觉睡下去了。

睡到半夜,白胡子老倌儿悄悄地摸出了他身上的信,把它改为:"这青年是我的恩人,接信后,不用等我回来,立即和我女儿结婚。要紧要紧!"

第二天,淌来儿醒来,发觉自己是睡在一棵大树下,白庙子和白胡子老人都不见了,摸摸身上,信倒还没有丢失。他赶紧起来,继续往前走。走到京城皇宫,他把信递给皇后。皇后拆开一看,就给淌来儿和公主举行了婚礼。

皇帝打猎回来,看见不但没有把淌来儿杀死,还让他做了自己的女婿,气得横眉竖眼,就问皇后。皇后说:"完全照你的话做的嘛,不信,你的亲笔信还在这里呢。"皇帝抓过来一看,非常奇怪,印是自己的,字迹也是自己的,只是意思完全变了。他就把淌来儿叫来问,淌来儿把路上遇到白胡子老倌儿的话说了,还说了白胡子老倌儿的衣服和容貌。皇帝一听,知道这是早前那个仙人在护卫他。他就对淌来儿说:"你是我的好女婿,我有一件事不知你做得到做不到?"淌来儿说:"请讲吧,我一定做得到。"皇帝假意微微一笑:"我很想要太阳姑娘头上的金发,你快快去给我找三根回来吧。如果做不到,你就不要回来了。"淌来儿听了,和新媳妇告了别,就起身走了。

淌来儿走到一个寂静的河边,那儿只有一只小船,船上只有一个划船的人,他问淌来儿说:"出门人,你要到哪里去?"

淌来儿回答说:"我要去找太阳姑娘头上的金发。"

淌来儿

"你到太阳姑娘那里替我问一问:我在这里划了二十多年船,没有人来替换我,为什么?"

"好嘛,我回来时就告诉你。"

划船人把淌来儿划过了河。淌来儿又往前走,走到一座城边,城里的人问他:"小伙子,你要到哪里去?"

淌来儿回答说:"我要去找太阳姑娘头上的金发。"

"你到太阳姑娘那里替我问一问:我们这里有株长生果树,人吃了,老年人会变成少年,可是它二十年没有结果了,问问看是什么原因?"

"好嘛,我回来时就告诉你们。"

淌来儿继续向前走,又到了另一座城里,那里的人也照样问他:"小伙子啊,你要到哪里去?"

淌来儿照样回答他们:"我要去找太阳姑娘头上的金发。"

"你到太阳姑娘那里替我们问一问:我们这里有个活命泉,人死了浇上泉里的水,就能活转来,可是它二十年没有出水了,问问看是什么道理?"

"好嘛,我回来的时候,一定告诉你们。"

第二天,淌来儿整整行装,继续往前走。他走了很久,最后走到一座大树林里,树林里面有幢房子。这里就是太阳姑娘的家了。

淌来儿走过去敲门,太阳姑娘的妈妈走出门来,她一见淌来儿就说:"啊,是淌来儿,我知道你来找我姑娘头上的金发,是不是?"

"是的。"淌来儿笑着点头,并把一路上人家托他问的事情告诉了她。

太阳妈妈告诉他:"吃了晚饭你就要躲起来,不要让我姑娘看见你。她如果看见你,会把你赶出去的。"

淌来儿吃过晚饭,太阳妈妈就用木缸把他藏起来。这时太阳姑娘回来了,一进门就问:"阿妈,好像有人来过,你看见了没有?"

"哪里有什么人来过,你在高高的天上都没看见,还来问我。"太阳妈妈装作不知道。

晚上,太阳姑娘靠在妈妈的膝头上睡着了。太阳妈妈轻轻地从她头上扯下一根头发。太阳姑娘一下子惊醒了,她问:"阿妈,你为什么扯我的头发?"太阳妈妈说:"我做了一个梦,梦见一条寂静的河边,有个人划了二十多年的船,还没有人去替换。"太阳姑娘说:"只要有人到他那里过渡,把桨丢给过渡的人,那过渡的人就会代替他划船了。"太阳姑娘说完又睡着了,阿妈又从她的头上扯下第二根头发。太阳姑娘睁开眼睛又问:"阿妈,你怎么又把我弄醒?"太阳妈妈说:"我又做了一个梦,梦见一座城,有一棵长生果树,二十年没有结果了,不知为什么?"太阳姑娘说:"那是因为树根底下有一条蛇，把蛇打死就行了。"说完后，太阳姑娘重新闭上了眼睛。等太阳姑娘微微打呼噜了，阿妈又扯下女儿的第三根头发。太阳姑娘一下就醒了，有点儿生气地问："阿妈，今晚你为什么不让我好好睡，明天我还要早早出去呀。"阿妈说："怪得很，我今晚净做梦。我又梦见一座城，有一股活命泉，泉里二十年没有水了，不知为什么？"太阳姑娘告诉阿妈："泉的出口处有只金黄色的青蛙，把它打死，把泉洞掏一下，水就出来了。"

太阳姑娘和她妈妈的话，淌来儿在木缸里听得清清楚楚。第二天早上，等太阳姑娘从窗子飞出去，太阳妈妈就来开缸。她把三根金发递给淌来儿，问道："昨天晚上的话你都听见了吗？"淌来儿笑着说："都听见了。"他接过三根金发，给太阳妈妈作了揖，就高兴地往回走了。

淌来儿走到第一座城边，他告诉人们打死泉水出口处的青蛙，掏清泉眼。城里的人照着做后，果然清幽幽的活命水就出来了。大家感激淌来儿，送给他二十四匹黑马，二十驮白银。到了第二座城边，淌来儿告诉他们打死树根下的蛇。说也灵验，大家把蛇打死后，长生果树就发绿叶了。城里的人送给他二十四匹白马，二十驮黄金。最后到了河边，划船人问："你问了没有？"淌来儿说："问着了。"划船人急于想知道，忙问："怎么说？"淌来儿想了一下说："你划我过去我就告诉你。"

到了对岸，淌来儿对他说："这次不行了，下次有人来过渡时，你把桨丢给他，他就替换你划了。"

回到京城，公主看见他喜欢得哭了。皇后娘娘也直唠叨："好女婿，天天念你呀。"只有皇帝哭笑不得，他看见淌来儿带回了黄灿灿的三根金头发，还有那么多马匹、金银，心里也暗暗奇怪：他在哪里搞到的呀？皇帝忍不住了，问道："好女婿，你告诉我，这些东西怎么弄到的？"淌来儿把出门后的事，从头至尾一一讲了一遍。皇帝听了，心想：我年纪也大了，不如去找点儿长生果和活命水来吃吃，好永远当皇帝。皇帝越想越高兴，越想越按捺不住，急急忙忙就往外头走。他刚走到那条河边，划船人就把桨丢给他，皇帝便永远在那里划船了。

佚　名　搜集

吹笛少年与鱼女

黑竹的齿笛

　　从前,有一个妇人,丈夫死了,只留下三个儿子。在她的辛勤抚育下,儿子慢慢长大了,并且能够伺候母亲了。

　　有一天,母亲把三个儿子叫到面前,问道:"我一年比一年老了,你们打算怎样来照顾我呢?"

　　大哥说:"我要种粮食给阿姆吃。"

　　二哥说:"我要砍柴给阿姆烤火,背水给阿姆做饭。"

　　弟弟没有说的,想了半天才说:"那么,我吹笛给阿姆听吧!"

　　两个哥哥都取笑他,说他不会吹,又没有笛,而且笛也没有粮食、柴火有用。

　　妈妈维护三儿说:"你们说的都中我意,有个孩子吹笛也好,我想听听呢!"

　　弟弟听了哥哥们的话不服气,就一个人出去找竹子做笛。他跑遍了各山各岭都没有找着，正没精打采地走着时，碰见了一只喜鹊。喜鹊喳喳喳地叫着问他："年轻人，你到哪里去？"

少年说："因为阿姆老了，我要吹笛给她听，让她欢喜欢喜，但是找不到做笛的竹子！"

喜鹊说："这用不着到远处去找，你家背后山脚下就有一丛黑竹。那竹丛里有三根并排生着的竹子，你不要砍左边的，也不要砍右边的，只砍中间的那根。你把这竹子砍来，不必钻孔，它就会成为一支很好的齿笛，你想吹什么曲子就会吹出什么曲子来。"

他就到他家背后山脚下，找着那丛黑竹子，照着喜鹊的话砍回中间那根竹子。说也奇怪，虽然他从没吹过笛，但只要把这竹管放在口上，他想吹什么曲调就吹出什么曲调来了，一切意想不到的非常美妙的曲子，都从这短笛里吹出来了。真是又好听、又动人，把他自己也迷住了。

他立刻跑回家去吹给妈妈听。妈妈听出神了，喜欢得合不拢嘴，有时，连饭也忘记吃了。两个哥哥在地里做活儿，听到笛音，也不知不觉停下活路，痴痴地立在那里听入迷了。

少年异常高兴，日夜不离地带着这支短笛，不论到哪里都吹着。

鱼姑娘

有一天,少年到河边去放羊。当羊群散开吃草以后,他一个人爬到岩石上去坐着吹笛。附近有几个打鱼人听见这美妙的笛声,不知不觉地向他走来。他看见有人来,就停下不吹了。打鱼人求他说:"放羊的小哥,你吹得太好听了,给我们吹吹吧!吹了我们送你一条鱼。"他推不过,为他们吹了一次又一次,一直吹到太阳当顶,大家才恋恋不舍地回去。为了酬谢少年,临走的时候他们拿出鱼篮来,叫他在里面随意选一条鱼。

少年在鱼篮中看见一条头上有小红点的小红花鱼,他记起是那条时常游到水面来听他吹笛的鱼。于是,他立刻向打鱼人说:"打鱼的大哥,把这条小红花鱼给我吧!"打鱼人用一根蓑草拴着这条小红花鱼送给了他。

少年带着这条鱼走到河边,用手在沙滩上做了个小水凼,把鱼养着,然后把查尔瓦铺在地上,仰着晒太阳。

阳光很强,他睁不开眼,不知不觉就睡着了。蒙眬中他觉得有一个年轻美貌的姑娘走近他身旁,静静地看着他,许久,才蹲了下来,轻轻地把他的头扶起放在她的膝盖上。

他觉得很奇怪,猛然睁开眼睛一看,却什么也没有。他

吹笛少年与鱼女

一合眼,那姑娘又出现了。这次,他不睁开眼,却偷偷地用右手去拉她的长裙。拉得实实在在了,然后他才忽然睁开了眼睛。这一下,姑娘无法逃走了。他清清楚楚地看见一个又害羞又惊惶的年轻美貌的姑娘立在他面前。

他回头找他的小鱼,但小鱼不见了,只剩下一根被小石头压着的蓑草。他明白了,这姑娘就是那条好看的小红花鱼变的。

他问姑娘:"你聪明、好看,愿意跟我到家里去吗?"

姑娘说:"我真愿意跟你在一起,但我是一个没出嫁的姑娘,怎能随便到你家里去呢?我想,还是你到我的家里去吧!我的家在水里。"

少年说:"这就难了。我是陆上的人,怎能到水里去呢?还是你到我家去吧!"

姑娘说:"那么,这样办吧!我站在水里,让你牵着我的辫子往岸上拉,你能把我拉上岸来,我就跟你回家。如果你拉重了,我叫'痛啊',你就放掉我。然后,我再拉着你的手往水里走,若你不怕冷,就一直跟我走,若你怕冷,你喊'冷啊',我也放了你。你看,这样办好不好?"

少年觉得很好,就答应了。他先让姑娘站在水里,自己站在岸边抓着她的辫子往上拉。才一用力,姑娘就连声叫道:"痛啊!"少年心里爱她,急忙把手放了。

现在，轮到姑娘拉着少年的手往水里走了。他们越走越深，水也渐渐冰冷刺骨，但少年爱姑娘，就竭力忍受着，紧紧拉着她的手，一直往水底走去。

到了水底，少年睁眼一看，吃了一惊，原来他们已经站在一座盖着琉璃瓦、嵌满珍珠的水晶宫前了。宫殿前面有一座座的玛瑙山，一丛丛的珊瑚树，上面缀满了数不清的各种颜色的宝石，都亮晶晶地闪着光。少年看得心花怒放了。

姑娘引他走进一座宫殿，在那里，姑娘向她的父母诉说了这少年如何救她回来的事。鱼王向少年道谢说："客人，谢谢你帮助了我的女儿，我们应该好好款待你，你就在我们这里玩儿一段时间吧！"

从这天起，鱼王白天叫人陪着他在水底各处游玩，夜里请他饮酒，听他吹笛。只要他一吹，所有的水族都挤到殿上来，殿前殿后，屋顶梁上，都闪亮着水族们发光的眼睛，大家都听得如痴如醉，不愿离去。因为这样，姑娘也更舍不得他，鱼后也变得慢慢喜欢他了。

难　题

鱼姑娘的名字叫巴丝呷维，后来她和少年商量，请蛤蟆做媒，去向父母求亲。鱼王听了不满意，说道："啊呀！陆地上的凡人怎能和仙人的女儿结亲呢？"

鱼后说："这孩子不是凡人，我看他也和仙人一样。若不是仙人，他怎么会吹那样奇妙的笛子呢！"

鱼王拗不过，只好说："好吧，他要讨我的女儿也不难，可是我要试试他是否能干和聪明。我家对面有九座大山，他若能把九座大山上的树在一天内砍完，砍成九块种庄稼的火烧地，我可以把女儿许给他。若办不到，就不要痴心妄想。"

蛤蟆把这话告诉了少年。少年感到为难，忙去见姑娘。

姑娘笑笑说："这算什么，一点儿也不难。明天天一亮，我给你九把斧头，你拿去在每座山顶上挑一根树砍上一把，然后你向天空喊道：'阿蒲哈克拉，阿蒲哈克拉！'喊了以后，你尽管选个地方去睡觉。等你一觉睡醒，这一切就都办到了。"

少年对她的话半信半疑，忧愁得一夜也没合眼。第二天一早，他勉强从姑娘那里取了斧子上山，照着她的话一一做了。当他醒来时，九座大山上的林子都不见了，变成九座可以翻耕的光秃秃的火烧地了。

少年异常高兴，急忙走回去对鱼王说："鱼王啊！你要的火烧地都砍出来了，现在，你可以把你的姑娘嫁给我了吧！"鱼王吃了一惊，停了半晌才说："孩子，算你砍出来了。但你真要娶我的女儿，还须在明天一天内把这九座山上的地给我开出来,翻好耕好才算数。你若办不到,就不要存这个妄想。"

少年感到为难,又去找姑娘。姑娘满不在乎地笑笑说:"不要紧,这也算不了什么。明天天一亮,你从我这里带九把锄头去,在每座山顶上放上一把,然后向天空喊道:'阿蒲哈兹拉,阿蒲哈兹拉!'喊了后,仍然睡你的大觉吧!到你醒来时,所有的地就都翻好了。"

第二天,少年照着她的话做了。当他一觉醒来,果然九座大山的地都翻完了。少年十分欢喜,急忙走回去向鱼王说:"鱼王哟,九座山的地都翻了,现在,你该把你的女儿嫁给我了吧!"鱼王又吃了一惊,但仍然摇头说:"这还不够,你必须再做一件事。明天天亮,你带九斗籼米到九座山上去撒播。若能在一天内撒播完,那时再谈吧!"

少年觉得很为难,又去找姑娘。姑娘说:"不要怕,这也不难。明天你把籼米种带去,在每座山顶上撒上几颗,然后把所有的籼米都倒出来,向天空喊道:'阿蒲哈切拉,阿蒲哈切拉!'喊了后你再睡一觉,醒来,种子就播好了。"

第二天,少年照着姑娘的话做,果然一天内九座山上的耕地都播好种子了。但鱼王仍然不答应,说:"这还不行。你既然能播下,也一定能拾起。明天一天内去把你播下的籼米种都给我拾起来,要把九个斗装得满满的,一粒也不差。

那时我们再谈。"

少年很担心撒下的籼米种子没法拾起，又去找姑娘。姑娘鼓励了他，并对他说："这也不难。你明天上山去，只要在每座山上捡三粒，然后走上山顶喊道：'阿蒲哈古拉，阿蒲哈古拉！'喊完后一样睡你的觉，醒来后所有的种子就都捡回来了。"

少年又照她的话做了。但到他醒来时，八座山上的八个斗都装满了，只剩第九个斗缺了一个角，无论如何也装不满。少年急了，又去求姑娘。姑娘说："这大概是什么过路的鸟偷吃了，我们一路去看看。"她取出一张弓、一支箭叫少年带着，陪她一路上山去看。到了山上，她一边纺毛线一边观望着。不久，有三只斑鸠飞来停在树上。姑娘指着说："对了，就是它们把种子偷吃了。但不是左边那只，也不是右边那只，恰恰是中间那只。你用箭瞄准中间那只，我举手时，你就射。把它射下来后，剖开肚子，从它嗉子里取出种子，这斗就装满了。"少年用力拉满了弓，等姑娘一举手，他就把箭射出去，果然一下就把斑鸠射了下来。剖开肚子一看，果然里面有籼米种。少年取来放在斗里，恰恰把那个斗角装满了。

他捧着九斗籼米种去见鱼王，请求把他的女儿嫁给他。但鱼王仍然摇头说："年轻人，我叫你做的，你都一一做到了，可见你是个能干的人。不过，我们仙人是会变化的，不能和不会变化的人结亲。现在让我们来比比变化吧！先让我和我的妻子变三次你来认，然后让你变三次我们来认。若你认不出我们，或我们认出了你，你就休想结这门亲了。"

少年知道鱼王无意结这门亲，才想尽办法为难他，他非常失望，没精打采地走去找姑娘，把一切都告诉了她。最后他叹息说："巴丝呷维呀！这样看来，我们将永远不能在一道了。我怎能认出他们，又怎么变来让他们认不出呢？天哪，我怎么比得赢啊！"姑娘笑笑说："放心吧，九山九岭的困难都战胜了，为啥还怕眼前这点儿困难呢！阿达、阿姆的变化我都知道，我会暗中告诉你的。至于你变，这也不是什么了不起的事。"

第二天鱼王夫妇开始变化了。他们一个变成殿上的一根水晶柱，一个变成殿上的一棵珊瑚树。因为姑娘暗中告诉了少年，少年走到殿上，抱着水晶柱摇着喊着："俄衣，俄衣，我的俄衣呀！"又抱着珊瑚树摇着喊道："尼尼，尼尼，我的尼尼呀！"鱼王、鱼后被摇得现出了原形。

第三天鱼王变成了一个石臼，在一所人不注意的便殿里藏着，鱼后变成了一个石手磨摆在屋檐下。因为姑娘告诉了少年，少年一去，就扳着石臼喊道："俄衣，俄衣，我的俄衣呀！"又扳着石手磨喊道："尼尼，尼尼，我的尼尼呀！"

鱼王、鱼后无法，只好现出原形，叫他过一天再认。

　　第四天，鱼王一早变成了一头大牦牛，鱼后变成了一头大沙牛（牝牛），混在山上的牛群中。姑娘又告诉了少年。当牛群从山上回来时，少年站在路旁，专等那头上有白点的大牦牛和大沙牛。等那两头牛一来，少年抱着大牦牛的角又摇又喊道："俄衣，俄衣，我的俄衣呀！"又抱着大沙牛的角摇着喊道："尼尼，尼尼，我的尼尼呀！"鱼王、鱼后都现出了原形，点头承认他是凡人中最聪明的。

　　现在轮到少年变化了。少年紧锁着双眉走到姑娘那里去。

　　这时姑娘正在屋檐下织毛布，当鱼王、鱼后的脚步声已经听得到时，姑娘才仰起头来，向少年一笑，然后向他吹了口气，把他变成了一个织毛布的小木梭。姑娘顺手取来缠上线织着，还哼着歌。鱼王夫妇走来四处寻找，找了许久也没找出来。这次算少年胜利了。

　　第二天该少年变化第二次了。他又来找姑娘。当鱼王夫妇找来时，姑娘笑笑，用手在他肩上一拍，他立刻变成了一个橄榄。姑娘顺手拾来含在口中，因此，鱼王夫妇又没有找到。

　　最后一回少年特别担心，又来找姑娘。姑娘正坐在屋檐下绣花，假装不理他。当鱼王的脚步声从殿外传来时，姑娘才抬起头来向他一笑，用手中的针在他的屁股上一刺，他立刻变成一枚小针。姑娘顺手把针放进自己的针筒里。因此，鱼王夫妇屋前屋后都找遍了，仍然没找着。

少年完全胜利了，鱼王再也找不出难倒他的办法了。鱼后非常高兴地向鱼王说："你看怎样，我说这个孩子和仙人一样，你还不信。他似乎比我们还能干，还聪明嘞！"

鱼王无法，只好答应他们的婚事。仍然请蛤蟆做媒，依水族的方式结了婚，让他们回到陆地上去。

少年和鱼女回到陆地上后，勤苦干活儿，互敬互爱，过着美满而幸福的生活。

萧崇素　整理

宝扁担

滇南有一座观音山,山上有一塘好清水。村子里的放牛娃每天把牛放在水塘附近的山坡上,就在水塘旁边玩儿。牛渴了,就自己到塘边喝水,喝够了,又去吃草。

每天早晨到这里的牛一共九十九头。可是到中午时,就有了一百头,放牛娃里头还多了一个漂亮姑娘。太阳落山后,放牛娃们回家了,牛还是九十九头,姑娘也不见了,大家都想不起她什么时候走的。放牛娃们都很喜欢这个姑娘,因为姑娘知道好多事情,她会讲好些好些美丽动人的故事。

有一天,姑娘对放牛娃们说:"这样的牛里头,有一头宝牛,它往水里一走,水就分开一条路,它还会脚踏水面走。骑着这头牛,就是过东洋大海,也不用怕。它身上还有许多宝贝,它的一根牛毛就能挑几千斤东西,挑的人还一点儿不觉得累。"

放牛娃们都很想知道这头牛,可是姑娘不告诉他们。她说:"这样的宝贝,老实的人才能得到。"

一天，放牛娃们上树摘果子去了，牛都跑到坡下苞米地里去了，看苞米的老头子赶不走这么多的牛，就顺手操起他的扁担，把牛一头一头打了出去。他的扁担天天用，雨淋日晒，裂了些小口口，用力一打，裂口里就夹住了几撮牛毛。老头子也没有管它。

太阳偏西了，老头子照例要捆一担柴火挑回去。

"噫！今天柴怎么这么轻啊！"老头子挑起来，觉得奇怪得很。他又加了一捆，担起来试试，还是像没有加一样。他加了又加，试了又试，这担柴已经像两个小柴堆堆了，就是中间还留条小缝缝。老头子挤到缝缝里把柴火挑起，高高兴兴回了家，一路走得飞快。

从此以后，老头子就天天打柴到城里卖，除吃除喝，每天还能剩几百吊钱，生活渐渐好过了。

这天，老头子又到城里卖柴，迎面来了一个财主。财主看了这一担柴火，心里稀罕。他定神看看，是个老头子挑着，他更觉得奇怪。心想：这老头子怎么挑得起这么多柴呀！他走上去问了问，老头子告诉他："我这扁担是宝扁担！"财主不相信，叫老头子放下柴，自己试了试，果然像没挑着一样。财主眼珠一转，就说："我给你五百两银子，你把扁担卖给我！"

老头子不肯卖，可是那财主一定要买，老头子没法，只

牧人与雪鸡

得答应了。于是，老头子得了五百两银子，宝扁担成了财主的了。

财主回到家，把宝扁担端详了又端详，喜欢得了不得，只是觉得有的地方破了，不大光滑。他就把扁担送到一家手艺最好的木匠铺里，亲自监督着，叫木匠把扁担刨得又光又滑。刨好了，他看了看，觉得这一下是十全十美了。没想到，扁担里的宝牛毛被刨掉了。

财主老婆看见丈夫今天高兴成这样，心里觉得很奇怪，去年一天收了一千多石好租，他也没有今天高兴啊！财主把宝扁担的来历跟老婆说了。老婆想试试，又怕闪着腰，她就只在一头挂了十斤东西，弯下腰，打算挑起来，但觉得很沉重。

"呸！还你的搅屎棒吧，什么宝扁担！大白天做的什么梦啊！"

财主还在洋洋得意，说："女人哪识宝，看着！"他在两头又加了几十斤，弯腰一挑："啊呀！怎么回事？"宝扁担真的变了。

他抡起扁担，一边揍老婆，一边骂："败家女人，晦气东西，把老子宝扁担上的宝气都冲跑了！"

普　英　整理

铜鼓的传说

壮家人世世代代都流传着这样一首歌:

天上星星多,

地上铜鼓多;

星星和铜鼓,

给我们安乐!

铜鼓是怎么来的呢?老辈人讲,壮家的开天辟地老祖保洛陀,造了天地和人以后,就在天上安家了。为了方便照看子子孙孙,保洛陀把壮家人安排住在高山大岭上。高山大岭离天近得很,他把头低一点点,就看得见子孙的日子是好是歹了。

开初,壮家人住在高山大岭上,日子过得蛮不错。早晨,天上金鸡一叫,星星就把太阳迎接出来,让太阳把山山岭岭烘得暖暖和和的。人们在太阳底下耕种收割,串歌圩;

晚风一起，星星又把太阳送下西山歇憩，同时把月亮迎接出来，人们在月亮底下欢欢喜喜、快快乐乐地纺织裁缝，吹木叶……反正，要多快活有多快活。

后来，地上的人多了，保洛陀嫌天地小了，就把天加大加高，把地加宽加厚，把山岭削低削小。这样一来，天和地离得远了，山岭也跟着离天远了。白天，山岭上下的一些旮旯角落，太阳照不到了；夜晚，月亮照不到的旮旯角落就更多。时间久了，这些长年阴黑的旮旯角落，就生出了毒虫恶兽和妖魔鬼怪。这些毒虫恶兽和妖魔鬼怪白天不大敢动，一到夜晚就猖狂得不得了，四处乱窜，时常闯进村寨伤害人畜。人们一追，它们又溜进旮旯角落里躲起来，硬是无法收拾它们。人们不得安乐，就托风大哥上天去求保洛陀，把星星摘下来安在地上。只要星星的眼光把指甲大点的旮旯角落都照亮，使毒虫恶兽和妖魔鬼怪无法躲藏，人们就得安然了。

保洛陀是个很好很好的人，他已看见子孙们在遭灾，为了把天地造得更美好，让人们不遭受灾难，他就打开天门飞下地来看人们。保洛陀先到我们壮家住的高山大岭上，他对人们说："大家的灾难我已知道。你们要我帮忙做点儿什么呢？"人们齐声说："大地上样样都好，就是缺少星星。"保洛陀点着头说："对呀，地上是应该有自己的星星。我们自己动手来造，造出一种比天星更好、更有用的。"人们听了，十分高兴,都要求保洛陀马上动手做"地上的星星"。

保洛陀带领人们挖来三彩泥,做成一个个两头圆大、中间小的模子,又把最好看的孔雀石采来,再砍来火力最猛的青钢柴烧炼孔雀石。烧炼孔雀石的火好大呀!把天都烤红了,把地都烧烫了。三天三夜过去了,孔雀石都变成了金光灿灿的熔浆。保洛陀领着人们把金光灿灿的熔浆倒进三彩泥模子里,眨眼工夫,人们面前堆着一个个两头圆大、中间小、有四只耳朵的金光闪闪的东西。这些东西上面有刀箭、斧凿、鱼叉、耕织、狩猎、航行、游戏和占卜等许多图案;它一头封顶、一头空,封顶上边是一个又大又亮的星星。大星星周围还有许多小星星。人们望着这堆金光闪闪的东西,都不知是什么名堂。保洛陀笑眯眯地拎起一个来,拳头照着封顶上的大星星一擂,他就"抛曼抛奔""抛曼抛奔"地大响起来。这响声,就是壮话的"保村保寨"。响声像雷一样,震得四山打抖,那些躲在旮旯角落里的毒虫恶兽和妖魔鬼怪被震得头昏眼花,个个东奔西逃,跑得脚不沾地。人们欢喜得围着保洛陀和金光闪闪的东西唱歌跳舞。保洛陀一边擂着金光闪闪的东西,一边大声说:"这些东西叫阿冉,它们就是地上的星星!可以帮你们杀死毒虫恶兽和妖魔鬼怪,保护村寨;可以领着你们唱歌跳舞;它们还可以领着你们耕种纺织和打猎,身子能装金银、五谷和美酒……有了它们,

铜鼓的传说

你们就得安居乐业啦！"人们听了，欢喜得两脚跳起八丈高。

　　保洛陀回天上去了，人们就按照他的嘱咐，从阿冉身上的图案里学会高超一点儿的耕种、纺织本事和打猎，学会用孔雀石来炼成刀、斧、箭、叉。哪里发现毒虫恶兽和妖魔鬼怪，人们就擂响铜鼓；人们要唱歌跳舞了，也擂响铜鼓；人们庆祝节日了，又用铜鼓盛糯米饭、肥牛肉和甜美酒……铜鼓的用处太多啦，壮家人太爱铜鼓啦。不久，千山万岭上的家家户户、村村寨寨，都照保洛陀造的铜鼓的样子，造出了千千万万铜鼓。铜鼓越造越多，多得像天上的星星一样。壮家人得安乐了，就用歌来赞颂铜鼓：

　　　　天上星星多，
　　　　地上铜鼓多；
　　　　星星和铜鼓，
　　　　给我们安乐！

　　这歌，就一直流传到今天。

岑隆业　杨荣杰　金稼民　搜集整理

一幅壮锦

古时候,大山脚下有一块平地,平地上有几间茅屋。茅屋里住着一个妲布,她的丈夫死去了,剩下三个仔。老大叫勒墨,老二叫勒堆厄,老三叫勒惹。

妲布织得一手好壮锦。锦上织起的花草鸟兽,活鲜鲜的。人家都喜欢买她的壮锦来做背带心、被窝面、床毡子。一家四口,就靠妲布一双手织壮锦过日子。

有一天,妲布拿起几幅壮锦到圩上去卖。看见店铺里有一张五彩的画,画得很好。画上有高大的房屋,好看的花园,大片的田地,又有果园、菜园和鱼塘,又有成群的牛羊鸡鸭。她看了又看,心头乐滋滋的。本来卖锦得的钱,打算全部买米的,但因为太爱这张画,就少买一点儿米,把画买回了家。

在回家的路上,妲布几次坐在路边打开画来看。她自言自语地说:"我能生活在这么一个村庄里就好了。"

回到家,她打开画给儿子们看。他们也看得笑嘻嘻的。

妲布对大仔说:"勒墨,我们最好住在这么一个村庄里呀！"

勒墨撇撇嘴说："阿咪，睡个梦吧！"

妲布对第二仔说："勒堆厄，我们住在这么一个村庄里才好哇！"

勒堆厄也撇撇嘴说："阿咪，第二世吧！"

妲布皱着眉头对三仔说："勒惹，我不得住在这样一个村庄里，我会闷死的。"说完，她长长叹了一口气。

勒惹想了一想，安慰妈说："阿咪，你的锦织得很好，锦上的东西活鲜鲜的。你最好把这张图画织在锦上，你看着看着，就和住在美丽的村庄里一样了。"

妲布想了一会儿，喷喷嘴说："你说得很对，我就这样做吧！不然我会闷死的。"

妲布买起五彩丝线，摆正织布机，依照图画织起来。

织了一天又一天，织了一月又一月。

勒墨和勒堆厄很不满意妈这样做，他们常拉开妈的手说："阿咪，你只织不卖，专靠我们砍柴换米吃，我们太辛苦了！"

勒惹对大哥、二哥说："让阿咪织吧，她不织会闷死的。你们嫌砍柴辛苦，由我一个人去砍好了。"

于是一家人的生活，就由勒惹不分日夜地上山砍柴来维持。

妲布也不分日夜地织锦。晚上用油松燃烧起来照亮。油松的烟很大，把妲布的眼睛也熏坏了，红巴渣的。可是，妲布还是不肯歇手。一年以后，妲布的眼泪滴在锦上，她就在眼泪上织起了清清的小河，织起了圆圆的鱼塘。两年以后，妲布的眼血滴在锦上，她就在眼血上织起了红红的太阳，织起了鲜艳的花朵。

织啊织的，一直织了三年，这幅大壮锦才织成功。

这幅壮锦真美丽呀！几间高大的房子，蓝的瓦，青的墙，红的柱子，黄的大门。门前是一座大花园，开着鲜艳的花朵。花园里有鱼塘，金鱼在塘里摆尾巴。房子左边是一座果园，果树结满红红的果子。果树上有各种各样的飞鸟。房子右边是一座菜园，园里满是青青的菜，黄黄的瓜。房子后面是一大片草地。草地上有牛羊棚、鸡鸭笼。牛羊在草地上吃草，鸡鸭在草地上啄虫。离房子不远的山脚下，有一大片田地，田地里满是金黄的玉米和稻谷。清清的河水在村前流过，红红的太阳从天空照下来。

"啧，啧，这幅壮锦真美丽啊！"三个仔赞叹着。

妲布伸一伸腰，擦着红巴渣的眼睛，咧开嘴巴笑了，笑得咕咕响。

忽然，一阵大风从西方刮过来，"噼噗"一声，把这幅壮锦卷出大门，卷上天空，一直朝东方飞去了。

妲布赶忙追了出去，摇摆着双手，仰着头大喊大叫。哎呀！转眼壮锦不见了。

妲布昏倒在大门外。

三兄弟把妈扶回来，睡在床上。灌了一碗姜汤，她才慢慢醒过来。她对长子说："勒墨，你去东方寻回壮锦来，它是阿咪的命根啊！"

勒墨点点头，穿起草鞋，向东方走去，走了一个月，到了大山隘口。

大山隘口有一间石头砌的屋子，屋子右边有一匹大石马。石马张开嘴巴，想吃身边一蔸红红的杨梅果。屋门口坐着一个白发老奶奶。她看见勒墨走过就问道："孩子，你去哪里呀？"

勒墨说："我去寻一幅壮锦，是我阿咪织了三年的东西，被大风刮往东方去了。"

老奶奶说："壮锦是东方太阳山的一群仙女要去了。她们见你阿咪的壮锦织得好，要拿去做样子。到她们那里可不容易哩！先要把你的牙齿敲落两颗，放进我这大石马的嘴巴里。大石马有了牙齿，才会活动，才会吃身边的杨梅果。它吃完十颗杨梅果，你跨到它的背上，它就驮你去太阳山。在路途中要经过熊熊大火的发火山，石马钻过火里，你得咬紧牙根忍耐，不能喊痛；只要喊一声，你就会被烧成火炭。越过了发火山，就到了汪洋大海。海里风浪很大，会夹着冰块向你身上冲过来。你得咬紧牙根忍耐，不能打冷战；只要打

一幅壮锦

一个冷战,浪头就会把你埋下海底。渡过汪洋大海,就可以到达太阳山,问仙女要回你阿咪的壮锦了。"

勒墨摸摸自己的牙齿,想想大火烧身,想想海浪冲击,他的脸唰地青了。

老奶奶望望他的脸,笑笑说:"孩子,你经受不起苦难,不要去吧!我送你一盒金子,你回家好好过生活吧!"

老奶奶从石屋里拿出一小铁盒金子交给勒墨。勒墨接过小铁盒回身走了。

勒墨一路走回家,一路想:"有这一小盒金子,我的生活好过了。可不能拿回家呀,四个人享用哪有一个人享用那么舒服呢?"想着想着,他就决定不回家了,转身向一个大城镇走去。

妲布病得瘦瘦的,躺在床上等了两个月,不见勒墨转回家。她对第二个儿子说:"勒堆厄,你去东方寻回壮锦吧。那幅壮锦是阿咪的命根啊!"

勒堆厄点点头,穿起草鞋,向东方走去。走了一个月,到了大山隘口,又遇着老奶奶坐在石屋门口。老奶奶又照样对他说了那番话。勒堆厄摸摸牙齿,想想大火烧身,想想海浪冲击,他的脸唰地青了。

老奶奶交给他一小铁盒的金子。他拿着小铁盒,也和大哥的想法一样,不肯回家,向着大城镇走去了。

妲布病在床上，又等了两个月，身体瘦得像一根干柴棒。她天天望着门外哭。原来是红巴渣的眼睛，哭哇哭的，就哭瞎了，看不见东西了。

有一天，勒惹对妈说："阿咪啊！大哥、二哥不见回来，大约在路上遇到了什么不好的事情。我去吧，我一定要把壮锦寻回来。"

妲布想了一想，说："勒惹，你去吧！一路上留心自己的身体啊！邻居们会照顾我的。"

勒惹穿起草鞋，挺起胸脯，大踏步向东方走去。只消半个月他就到了大山隘口，在这里又遇见老奶奶坐在石屋门前。

老奶奶照样对他说了那番话，接着说："孩子，你大哥、二哥都拿了一小盒金子回去了。你也拿一盒回去吧！"

勒惹拍着胸脯说："不，我要去拿回壮锦！"随即拾起一块石头，敲下自己两颗牙齿，把牙齿放进大石马嘴里。大石马活动起来，伸嘴就吃杨梅果。勒惹看它吃了十颗，即刻跳上马背，抓住马鬃毛，两腿一夹，石马仰起头长嘶一声，嘚嘚嘚嘚地向东方跑去。

跑了三天三夜到了发火山。红红的火焰向他们扑过来，火烫着皮肤，嗞嗞地响。勒惹伏在马背上，咬紧牙根忍受着。约莫半天才越过发火山，跳进汪洋大海里。海浪夹着大冰块冲击过来，打得他又冷又痛。勒惹伏在马背上咬紧牙根忍受着。半天工夫，石马跑到了对岸。那里就是太阳山了。太阳暖暖烘烘地照在勒惹的身上，好舒服啊！

太阳山顶上有一座金碧辉煌的大房子，里面飘出女子的歌唱声和欢笑声。

勒惹把两腿一夹，石马四脚腾空跃起，转眼到了大房子的门口。勒惹跳下马来，走进大门，看见一群美丽的仙女围在厅堂里织锦。阿咪的壮锦摆在中间，大家依照它来学织。

她们一见勒惹闯进来，吃了一惊。勒惹说明来意，一个仙女说："好，我们今天晚上就可以织完了，明天早上还给你。请你在这儿等一晚吧。"

勒惹答应了。仙女拿了许多仙果给他吃。仙果味道真好啊！

勒惹身体很疲倦，靠在椅子上呼呼睡着了。

夜里，仙女们在厅堂上挂起一颗夜光珠，把厅堂照得明亮亮的。她们连夜织锦。

有一个穿红衣的仙女，手脚最伶俐，她最先织完。她把自己织的和妲布织的一比，觉得妲布织的好得多：太阳红耀耀的，鱼塘清溜溜的，花朵嫩鲜鲜的，牛羊活灵灵的。

红衣仙女自言自语地说："我若是能够在这幅壮锦上住下就好了。"她看见别人还没有织完，便顺手拿起丝线在妲布的壮锦上，绣上自己的像：站在鱼塘边，看着鲜红的花朵。

勒惹一觉醒来，已经是深夜，仙女们都回房睡觉了。在明亮的珠光下，他看见阿咪的壮锦还摆在桌子上，他想："明天她们若是不把壮锦给我怎么办呢？阿咪病在床上很久了，我还是拿起壮锦连夜走吧。"

勒惹站起来，把阿咪的壮锦折叠好，藏在衣袋里。他走出大门，跨上马背，石马趁着月光，嘚嘚地跑了。

勒惹咬紧牙根，伏在马背上，渡过了汪洋大海，翻过了发火高山，很快又回到大山隘口。

老奶奶站在石屋前笑哈哈地说："孩子，下马吧！"

勒惹跳下马来，老奶奶从马嘴里扯出牙齿，安进勒惹的嘴里。石马又站在杨梅树边不动了。

老奶奶从石屋里拿出一双鹿皮鞋，交给勒惹说："孩子，穿起鹿皮鞋快回去吧，阿咪快要死了！"

勒惹穿起鹿皮鞋，两脚一蹬，一转眼就到了家。他看见阿咪睡在床上，瘦得像一根干柴，有气无力地哼着，真的快要死了。

勒惹走到床前，喊一声"阿咪"，就从衣袋里拿出壮锦，在阿咪面前一展。那耀眼的光彩，立刻把阿咪的眼睛照亮了。她一骨碌从床上爬起来，笑眯眯地看着她亲手织了三年的壮锦。她说："孩子，茅屋里墨黑墨黑，我们拿到大门外太阳光下看吧。"

娘儿俩走到门外,把壮锦展铺在地上。一阵香风吹来,壮锦慢慢地伸宽、伸宽,把几里宽的平地都铺满了。

妲布原来住的茅屋不见了。只见几间金碧辉煌的大房子,周围是花园、果园、菜园、田地、牛羊,跟锦上织的一模一样。妲布和勒惹就站在大房子门前。

忽然,妲布看见花园里鱼塘边有个红衣姑娘在那里看花。妲布急忙走过去问。姑娘说她是仙女,因为她把自己的像绣在壮锦上面,就被带来了。

妲布把仙女邀进屋里,共同住下。

勒惹和这个美丽的姑娘结了婚,过着幸福的生活。

妲布又邀附近的穷人也来这个村庄住。因为她在病中得到了他们的照顾。

有一天,村里来了两个叫花子,他们就是勒墨和勒堆厄。他们得了老奶奶的金子跑到城里去大吃大喝。不久,金子用完了,只得做叫花子,乞讨过活。

他们来到这个美丽的村庄,看见阿咪和勒惹夫妻在花园里快快乐乐地唱歌。他们想起过去的事情,没脸进去,拖起乞讨杖跑了。

肖甘牛　整理

石良

古时候，在一座巍峨的青山下，一条蓝悠悠的小河旁，有一个美丽的寨子。寨尾长着一棵很大很大的榕树，在榕树下有一栋竹楼。竹楼里，住着父子二人：石良和他阿爸。

石良阿爸是方圆百里有名的猎手。小石良出生当天，妈妈就死了，多亏阿爸用米浆养活了小石良。

苦命的孩子懂事早。石良从六岁开始，就跟父亲学武艺，十岁时已成了一个本领高强的少年。刀枪剑棒，他没有一样使得不好的。他还能开弓射击云中的大雁，箭响大雁落身旁。

就在石良十二岁那年的春天，壮乡出了一条九头毒蟒。毒蟒常常从深山老林里出来扑进峒场，吃人，吃猪，吃牛羊。它爬行起来，狂风骤起，沙石飞扬，滚滚烟尘可以遮住天上的日光；它朝天打个喷嚏，顿时大雨倾盆，山洪暴发；它在地上打个滚儿，就把草丛碾平，把大树压断；它吃人畜太多，口燥舌枯要喝水，一头扎进河里，河水就立刻干了。

自从出了这条九头毒蟒，壮乡的山不青了，壮乡的水不甜了，壮乡的树不绿了，壮乡的花不香了。白天看不见人们的笑脸，夜晚听不到人们的歌唱。

风暴再凶，石山不摇晃；野火再猛，春草烧不光。一天清早，阿爸挎起了射死过九十九只大雕的硬弓，提上了杀死过九十九条老狼的钢刀。封了三年的米酒，他喝了三碗；磨了三天的利箭，他背了三筒。阿爸决心为民除害，他一手摸着石良的头，一手指着门前的老榕树，说："孩子啊，我走后，如果榕树添新绿，就是父生蟒死；如果榕树枯黄了，就是父死蟒生。"

石良和乡亲们流着泪，送阿爸走出村口上了山。

父亲走后，石良眼睁睁地望着老榕树。过了三天，榕树叶枯黄了，石良的心焦了。阿爸出门七天，榕树叶就落光了，石良的心碎了。他哭昏在树下。昏迷中，他见父亲朝他走来，对他说："孩子，莫悲伤。要想报仇，你必须上山杀死九只老虎，用九只老虎的血把你的钢刀淬硬，同时把九颗虎胆都吃下，你才有九只老虎的力量，才能斗过九头毒蟒。"

石良从梦里惊醒，决定依照阿爸的话去做。第二天，石良上山打虎了。走遍了九十九座高山，泅过了九十九道激流。三十三个白天在山里闯，三十三个黑夜在山里过。虎血淬钢刀，淬了八次；石良吃虎胆，吃了八颗。

石良

就在这时,门前老榕树上的八哥鸟飞到他头上报信:"石良,石良!毒蟒进了我们村庄,毒蟒进了我们村庄!"

石良听后吃了一惊,火冒三丈,急急忙忙就向寨子奔去。八哥鸟在前头引路,石良在后面跑。跑着跑着,猛然间,他想起了梦中阿爸的叮咛,"哦!还差一只虎没打着哪!"

石良停下了脚步。八哥鸟回头催促:"快走快走,乡亲们正在受苦!"

石良心里像开水烫了一样难受,不顾一切地跑下了山岗,跑进了峒场,跑回了寨子。

九头毒蟒正在得意忘形地追捕着人畜。仇人相见,分外眼红。石良二话没说,紧握钢刀,趁其不备,机智地直奔毒蟒。只见寒光一闪,一个龇牙咧嘴的蟒头就滚到地上。

"啊——"毒蟒一声怒吼,震得山摇地动,"呼"的一声掉转身子,张开八个血盆大口朝石良扑来。石良沉着冷静,就同它搏斗起来。斗了三个白天,战了三个夜晚,石良砍掉了毒蟒的八个脑袋。

毒蟒奄奄一息了,喘着粗气。石良也精疲力竭,仰面躺在地上,昏迷过去了。毒蟒趁石良昏迷的时候,挪动着长长的身躯,胆战心惊地向深山仓皇逃去。这时,八哥鸟从老榕树上飞到石良的耳边高叫:"毒蟒跑了,毒蟒跑了!"

石良苏醒了,他一咬牙,急忙爬起来追上毒蟒,举刀向第九个蟒头砍去。不料"当"一声响,钢刀断了!他大喝一声,纵身一跃,骑在毒蟒的七寸上,使出全身力气,双手死死地箍住了它的脖子。毒蟒呼吸困难,拼命挣扎,扭曲着身子同石良滚成一团。石良和毒蟒从山坡滚到山沟,又从山沟滚上山坡。滚哪,滚哪,像刀子一样的竹蔸树桩,把石良的身子扎破了,石良没有松手;尖尖的石头把石良的皮肉磨烂了,石良也没有松手。石良和毒蟒滚过的地方全是鲜血。

石良和毒蟒最后都死了。毒蟒的血,化成了米痒;石良的血,变成了一种碧绿的青藤。人们为了缅怀这位除暴的少年英雄,就把这种青藤叫"石良"。现在,人们在山上碰到米痒,全身中毒起泡,找石良来一治就好了。

王容岩　搜集整理

牧人与雪鸡

黄果树瀑布的传说

在高高的偏岩山脚下,坐落着一些寨子。山东的寨子叫江林寨,山西的寨子叫泥凼寨,山北的寨子叫岱苏寨,山南面是悬崖峭壁,没有人家。

岱苏寨上有个大财主,名叫苏莽。他为人狠毒,霸占了方圆百十里的山林土地,家里养着像恶狼一样凶狠的家丁狗腿。在他霸占的地盘上,要是哪个穷人不顺他的眼,不合他的心,他就抓去动刑、吊打。他弄死穷人一条命呀,就像踏死一只蚂蚁那样随便。

江林寨有个布依后生,名叫水哥。他十岁时,阿爹因为被苏莽逼债逼得没办法,就骂苏莽:"你比蚂蟥还凶狠!"结果被苏莽抓去动了三天三夜大刑,给折磨死了。从此,水哥和阿妈天天起早摸黑地苦磨着,一年辛辛苦苦打下的五谷,除了给苏莽家上贡外,就只能吃点儿镰刀饭,靠水哥上山打柴、射飞禽来帮补日子。

俗话说:"经风霜的紫松长得最高大。"水哥在苦水里又泡了十年，已长成一个像牯牛一样健壮的后生，做起活路来呀，不晓得累，挑的柴捆像两座小山包。

泥凼寨里有个姑娘，名叫白妹。她九岁时，有一天阿爹到岱苏寨子去走亲戚，路过苏莽家大门口，被他家的恶狗咬了一口。阿爹气愤不过，顺手拣了碗大的一块石头狠狠砸去，把恶狗的脑壳砸开了花。恶狗一死，苏莽哪里肯依？他硬把阿爹抓去吊死，抵偿狗命。

从此，白妹就和阿妈相依为命，一年到头苦死磨活，种出的五谷除了给苏莽上贡以外，剩下的只能有烤火粮了。母女俩起早贪黑、挑花蜡染、纺纱织布去卖，赚点儿手工力气钱来糊口。

俗话说："傲雪的蜡梅开得最好看。"白妹在苦蒿林里又熬了九年，已长成一个像蜡梅花一样美丽的姑娘。她很会绣花，绣在她围腰上的那对喜鹊，像活的，要飞一样。她织的布又细又白又匀净，一天能织九庹。因此，人人都说白妹是七仙女下凡哩。

天上织女爱牛郎，人间白妹爱水郎。白妹爱水哥为人耿直憨厚，做活勤快；水哥爱白妹贤惠善良，心灵手巧。两人同浪哨，情深义重，互相关照。白妹见水哥穿得破烂筋筋，就用自己织的布做了白布对襟衣、靛染蓝布裤和白毛底青布鞋给水哥穿。

水哥见白妹家人力弱，就经常砍柴给她家烧，撬薄石板为她家盖房，还为白妹做了一只精巧的织布梭。

当白妹和水哥正在蜜恋时，苏莽见白妹长得赛过山茶花，就馋得直淌清口水。一天，苏莽叫媒婆到白妹家提亲，要讨白妹做小。白妹指着媒婆的脑门囟骂道："蛟配龙，凤配凰，哪有彩凤配豺狼？苏莽妻室一大串，蛤蟆还想吃月亮？"

媒婆碰了一鼻子灰，夹起尾巴溜回苏莽家。苏莽火冒三丈，吼道："好哇，这个贱骨头敬酒不吃吃罚酒！看老爷给她一点儿厉害瞧瞧！"接着叫来管家吩咐说，"你带几个人去把水哥给我抓来吊死，再把白妹抓来给我做小！"

墙有缝，壁有耳。噩讯像扯火闪一样地传到白妹和水哥耳里。他们又慌又怕，急得走投无路。

这时，水哥的阿妈急中出了一个点子说："崽呀，是猛虎岩鹰，就赶快远走高飞；是羊崽家鸡，就等着被擒。你们两个快快逃走吧，逃到那高高的偏岩山上去！"

听了阿妈的话，水哥急忙背起了弓箭，别着砍刀，白妹带着织布梭和白布，双双逃到了偏岩山上。

白妹和水哥逃到偏岩山顶，由于白天慌忙逃走，爬山劳累，到了夜晚，就在山顶上迷迷糊糊地睡着了。两人同时做了一个梦，梦见一个白眉毛、白头发、白胡子的老公公，骑着一只长有翅膀的麒麟飞来，对他们说："白妹、水哥啊，你们要大难临头喽！不过，你们不用怕，我来搭救你们。"说着，顺手拿过白妹带的白布、织布梭和围腰来哈了三口气，说："好了！到紧急的时候，你们把这些东西再哈三口气，叫它们快显灵。这样，它们就会帮助你们脱险。"白胡子老公公说完，就骑着麒麟飞走了。

天亮了，白妹和水哥醒来，各把梦里的事讲了，两人感到又惊奇又害怕。

正在这时，只听到山的东、西、北三面人声嘈杂，一看，是苏莽带领家丁狗腿围追上来了。白妹和水哥慌了，就朝没有人声的南面跑去。但南面是刀切斧削一样的悬崖陡壁，下面是万丈深渊。

眼看苏莽领着家丁狗腿快要追上来了，水哥慌忙张弓搭箭，"嗖"的一声，射穿了一个狗腿的胸膛，直射到一棵大白果树上。据说直到如今那棵大白果树上还留有个洞眼哩，人们就叫它"箭穿树"。

眼看苏莽快追拢了，白妹照白胡子老公公的话，取出织布梭和那匹白布，连哈三口气，向南方抛去，口中喊道："梭子、白布快显灵！"话音刚落，白布就变成了一条白浪滚滚的江河向南流去，织布梭变成了一只小木船横在脚下。白妹和水哥赶忙登上小木船，顺着江河漂流下去。因为这条江河是白妹和水哥抛白布变成的，后来，布依人就叫它"白水河"。

牧人与雪鸡

苏莽带领家丁狗腿追到悬崖边一看，一条白浪滔滔的大江摆在面前，惊得目瞪口呆。再一看，白妹和水哥乘着一只小木船跑了，气得对家丁狗腿吼道："还不快下山去顺着河流追！"

苏莽领着家丁狗腿下山回到岱苏寨子里，从穷人家里硬抢来两张挞谷用的挞斗，用棕绳捆绑在一起，抬下河里，他又带领家丁狗腿乘上挞斗，一心要追到白妹和水哥。

白妹和水哥乘的梭子船，因船身小，遇到急滩就直打漩漩，走不快。苏莽乘的是两张挞斗捆绑成的船，又大又稳，船上的家丁狗腿人多力大划得凶，所以就行得快。就这样，一只小船在前面逃，一只大船在后面追。眼看只隔一箭之地就要追上，水哥急忙张弓搭箭，"嗖"的一声，射穿了一个家丁的胸膛，又射穿了岸边一堵悬崖。据说如今那堵悬崖上的箭孔还在哩。人们就叫它"箭穿崖"。

逃呀！追呀！到了如今的黄果树这个地方时，看看快要追拢了。白妹急忙解下围腰向空中一抛，喊道："围腰围腰快显灵！"话音刚落，围腰上刺绣蜡染的那两只喜鹊就变成能飞会叫的真喜鹊了。只见其中一只喜鹊把尾巴一卷，变成了白妹平素常用的那把剪刀，另一只喜鹊"喳喳"叫了两声以后，急忙用嘴衔着剪刀，飞到白妹面前。白妹心明手快，拿起剪刀，"嚓嚓嚓"几下把白布变成的河水剪断，分成上下两段。白妹和水哥乘着小木船在下半段河里继续往下漂。据说他们最后漂到东海龙王那里,龙王收留他们在龙宫里做了龙子龙女。

苏莽和家丁狗腿呢?他们追到黄果树见河被剪断了,上半段河水无处流淌,就朝那万丈悬崖下流去。苏莽和家丁狗腿的船刹不住,随着河水被冲下了万丈深渊,跌得个粉身碎骨。

从此,那被白妹剪断的河水从黄果树万丈悬崖流下去,就变成了今天世界上著名的黄果树大瀑布。人们说,那千奇百态的瀑布,就是白妹辛辛苦苦织就的那匹白布哩。

汛 河 搜集整理

邦普的奇遇

古时候在一条波涛滚滚的大江边,有一个穷后生,名叫邦普。他父母早亡,孤身一人住在茅棚里,靠打鱼为生。

这年四月间发大水,江浪翻腾如山倒,涛声轰轰似雷鸣。勇敢的邦普扛着一副网,爬过陡峭的江岸,想找一个静水湾子打鱼。他走到一处荒凉的沙滩上,看见一位白发老太婆挑着一对木桶走向水边。邦普生怕老太婆摔下江去,赶忙上前替她舀水,又把桶挑上自己的肩头。老太婆点点头,用手一指,叫他把水送到山梁子顶上去。邦普抬头一看,啊哟,山顶裹着白云,时隐时现,差不多齐天高呢。他觉得无论如何都应该帮助老年人,就打起精神,顺着壁陡的岩路爬上去。说来奇怪,这挑水越挑越沉重,压得他喘不来气。为了减轻一点儿重量,他撂下自己最心爱的渔网,硬是咬紧牙关,把这挑水担到了山梁顶上。

山梁顶上有一座美丽的宫殿。邦普狠劲儿擦了擦眼睛,细细一看,这才相信不是假的。再望望自己挑上来的那担

牧人与雪鸡

水，他惊呆了，竟然是两堆闪闪发光的金子！老太婆把金块拿出来，正好补齐花坛边的一个大缺口。她满意地笑了笑，然后从怀中掏出一个金晃晃的鹅卵石递给邦普，叫他好生保护着。邦普深深道谢，就告辞下山了。

从此，邦普把这个十分逗人喜爱的金鹅卵石，日夜揣在内衣口袋里。每天照旧沿着江岸打鱼。

深秋的一天，北风吼吼，邦普站在一处岩尖上撒网，突然被卷进江水里，落到数十丈深的江底。说来奇怪，他在水流平缓的江底，就像在陆地上一样，可以自由呼吸走动，只是用尽气力，怎么也上不到江面来。

不知过了多长时间，邦普感到内衣口袋里的金鹅卵石在扭动，就轻轻把它拿出来，托在手掌心上细看。不一会儿，金鹅卵石突然裂开，伸出一只雪白的小手，接着跳出一个小小的人来，立刻长大成为一个年轻姑娘。你看她乌黑的长发，晶亮的大眼，苗条的身材，真是美极了！

邦普不知怎么是好，姑娘倒先开口说："我叫波雪，是大江女神的幺姑娘。我妈妈每年有一半时间住在大山梁子上。你帮忙挑水，她看出你心好又勤快，就把我许配给你了。"说到这里，姑娘羞羞答答，邦普高兴得连连点头。姑娘又认真地说："一时心好容易，时时心好难得。只要你不变心，我就乐意跟你成家。"邦普是个老实后生，连声答应，就找不到别的话讲啦。

这时候，远处仿佛传来一阵呼唤声。波雪侧耳听了一会儿，对邦普微微笑道："我现在有事要走。你记住，只要时时心好，我会找上门来的。"说完就消失在江底了。邦普孤单得好难受，正要追过去时，身子却轻轻漂浮到了江面上。他无法再下到江底，只好游回陆地上。

邦普还是过着打鱼的生活。那只见过一面的波雪，却引得他日夜思念。

一天，邦普拉网很沉，好容易才把网拖出水面。原来是水草里头裹着一个大金块。他高高兴兴拿着金块走上集市，打算换些粮米用品。突然，传来一阵阵大人、小娃的啼哭声。邦普走去一问，原来是飞龙滩发大水，把那些人的家冲毁了。他毫不迟疑，立刻把金块拿出来，送给这几家人作为安家费用。

又有一天，邦普用打鱼积存的钱，准备买一套新衣服穿。突然，一个穿得十分破烂的老者，冷得战抖抖地向他伸出手来。邦普没有犹豫就买了一套厚实合身的新棉衣，披在老者身上，还把剩下的钱都给了他。

邦普宁愿自己多劳累，省吃俭用，做了很多好事。

冬去春回，清清的大江变得浑浊起来。一天早晨，邦普迎着刚刚升起的太阳，走到一处静水湾子打鱼。一网撒去，拉上来一条五彩花纹的大鱼。说来奇怪，这鱼老是向江心点头，眼里还滚着泪花。邦普于心不忍，轻轻把鱼放回江水里。第二网撒下去，拉上来的仍然是这条鱼。它还是向江心点头，眼里照旧滚着泪花。邦普又把鱼放了回去。当他撒下第三网，拉上来的也仍然是这条鱼，只是不再向江心点头，眼里也没有泪花了。邦普很诧异，舍不得拿鱼去卖，就带回家，放在石水缸里头。花纹鱼活蹦乱跳地游来游去，像是十分高兴。

第二天一早，邦普又去打鱼。等他回来，他的家已是热气腾腾，炊烟缭绕了。波雪姑娘披着长长的黑发，闪着亮晶晶的大眼，快步走到大门口来迎接。水缸里头的花纹鱼却不见了。波雪笑着对邦普说："那鱼就是我变的呀！"邦普说："看你点头落泪的样子，怪可怜的！"波雪红着脸小声说："我早就想来看你啦，可是乍一离开妈妈，难免要伤心落泪呢。"

从此，邦普和波雪幸福地生活在一起。人们常看到青纱般的江雾中，有个魁梧英俊的后生在撒网打鱼，有个苗条美丽的姑娘背着竹篓跟在后面。每逢节日，他们双双下江底或者上梁子，和大江女神欢乐聚会。后来，为了让更多更多的人得到幸福，邦普和波雪搬到大江深处住下。他俩日夜在江底开采一种含金的勒巴石，把它粉碎开来，让它随着滚滚的江流变成无数颗金沙粒，撒向千里江岸。世世代代，很多穷苦人把它淘出来，换取粮食、衣物，渡过了难关。后来，人们就把这条江叫作金沙江。

祖岱年　刘世杰　搜集整理

发财媳妇

在很早很早以前,有个媳妇名叫阿金,天天想发大财,人们都叫她"发财媳妇"。发财媳妇日日夜夜梦想有那么一天,白花花的银子像河水一样,哗哗地向她家里流来;白生生的大米像河水一样哗哗地向她家里流来;肥胖胖的猪羊牛马也像河水一样滚滚地进她家的圈里来。她一下变成了名震四方的大财主。

有一天,从十二层天上飞来个白发老人,他那飘飘拂拂的白胡须足足有三丈长,他腰间系着一条长悠悠、胀鼓鼓的白裆裤,里面装有许许多多的白银。白发老人走到发财媳妇的家门口,从白裆裤里掏出一把亮闪闪的白银,对发财媳妇说:"好媳妇,你可想要银子?"发财媳妇哪见过这种好事啊,她两眼忽然闪亮起来,说:"想要,想要!你能送我许多许多的银子吗?"白发老人笑眯眯地说:"很好,很好!我可以毫不吝惜地送你很多很多的银子。"白发老人摸了摸白胡子,又说:"不过,我有个条件,看你能不能做到?如果能做到，我就马上送你很多很多的银子。"发财媳妇听了心里感到甜酥酥的，巴不得白发老人立即送许多银子给她。她急火火地说："你快说吧，什么条件？"白发老人捋捋胡须，拂拂长袖，然后慢慢吞吞地说："我给了你银子，我老了，你要供养我一辈子。"发财媳妇一听是这么个简单的条件，毫不在乎。她笑吟吟地说："只要你送我很多很多的银子，别说养你一辈子，即便养你十辈子，我也毫无怨言。"

"如果我变成神仙，变成神牛呢？"

"变成神仙，我天天磕头打跪敬奉你。变成神牛，我天天捏饭团喂养你。"

"如果我变成蟒蛇，变成鬼怪呢？"

"变成蟒蛇我也不怕，天天伺候你；变成鬼怪我也不怕，天天给你进贡。"

这时，白发老人似乎感到满意了，他带笑地从白褡裢里慢吞吞地抓出一把银子递给发财媳妇，又抓一把银子递给发财媳妇，再抓一把银子递给发财媳妇，只见那白褡裢像个活银库似的，怎么也抓不完。发财媳妇得到很多很多白花花的银子后，接连点头哈腰地向白发老人说："谢谢！谢谢！太谢谢你了！"她那高兴劲儿，简直像喝了蜜糖似的。

发财媳妇得了银子后，殷勤地将白发老人领进家，安排他在香火背后的屋间里住下。从此以后，许多的白米白面，

发财媳妇

各种财宝，牛马猪羊，真的像流水一样，源源不断地朝发财媳妇家里流来、滚来，发财媳妇发横财了。她家到处堆满金银财宝，堆满白米白面，圈满牛马猪羊。这些财产究竟有多少？数也数不清，发财媳妇笑得合不拢嘴。她买了许多许多的田地，买了许多许多的房屋，买了许多许多的衣服、首饰……她天天穿绫罗绸缎，吃人参熊掌，坐享洪福，发财媳妇是发财了，可是白发老人却一天天变老了，变瘦了。

这天，天刚黑，发财媳妇端饭来给白发老人。她推门一看：天哪！好好的一个白发老人，竟变成一条又大又长的白蟒，盘踞在香火背后的那张大床上，高高地抬起头来，对发财媳妇瓮声瓮气地说："我要吃饭！我要吃肉！"发财媳妇抬来满满的一盆饭朝白蟒嘴里倒去，只见那白蟒囫囵一吞，满满的一盆饭就一口吞下肚了；她又抬来满满的一盆肉朝白蟒嘴里倒去，只见那白蟒囫囵一吞，满满的一盆肉也一口吞下肚了。就这样白蟒天天躺在发财媳妇家，下不了床，走不动路，让发财媳妇服侍着。白蟒对发财媳妇说："我送你许多许多银子，使你家发了横财，可是我却变成了白蟒，成了瘫子，哪里也走不了，出不去，也变不成人啦。我只好在你家住一辈子，吃一辈子了。"停了停，白蟒慢慢地闭上双眼，有气无力地说："你要养我到老，服侍到老，反正你家有吃不完的白米、白面，有用不完的金银财宝。当初你也说过，供养我一辈子,毫无怨言。"发财媳妇很乖巧地回答说:"好!好!你就在我家住一辈子吧。我服侍你,没关系。"发财媳妇嘴里是这么说,心里却有些不高兴。

有一天,白蟒央求发财媳妇说:"阿金,我屎尿胀得很,请你背我去屙一下!"发财媳妇看看披着一身鳞甲的大白蟒,又看看自己穿的一身新崭崭的绫罗绸缎,不肯背白蟒去屙屎撒尿。她就支支吾吾地搪塞着:"我现在忙得很,你就屙在床边好啦,没关系,过一会儿我就来打扫出去。"白蟒只好屙屎屙尿在床边。第一天屙了,不见她来打扫;第二天屙了,不见她来打扫;第三天屙了,还是不见她来打扫。第四天,第五天,第六天,第七天……白蟒屙的屎堆起来比床高,撒的尿淹成个水凼凼,臭得不可闻,还是不见发财媳妇来打扫出去。这天,白蟒又央求发财媳妇来撮屎尿。发财媳妇又推脱说:"现在我更忙啦,忙放债,忙收租,忙喝酒,忙吃肉,忙收捡金银,忙积存五谷,忙着买珍珠、熊掌,忙着缝绸缎衣服……"

白蟒听她说个没完没了的"忙事",就看透了发财媳妇的心。白蟒翻过身来,非常痛心地说:"当初我真心真意地送了许多许多银子给你,让你发了横财;现在我变成白蟒,变成了瘫子,受尽折磨,你用这样的态度对待我,对不对?你好好想一想吧。"发财媳妇想了想说:"我早就想好了,当初你真心真意地送许许多多银子给我,是我的运气好;现在你变成了白蟒,变成了瘫子,我无法服侍你,是你的命不好,是你的灾难末日已来到……"发财媳妇想了想又对白蟒说,"我的态度不好,这我知道,可是你吃那么多,屙那么多,你好不好?"白蟒气得肚子胀鼓鼓的,拉开嗓门大吼一声:"阿金,你说的是人话还是鬼话?你有点儿良心没有?"狠毒的发财媳妇趁机发狠说:"我没有良心,我没有良心好了,你滚出去。"发财媳妇在心里暗暗地想:"管你良心不良心,我只管我发大财,不管你瘫不瘫,死不死。反正现在我成了大财主,你却是个大瘫子,你能把我吃了?你能把我的财产吞吃掉?"

白蟒饱含着辛酸的眼泪对发财媳妇轻声细语地说:"原先你不是说,我变成蟒蛇,变成鬼怪,你也要供养我,毫无怨言吗?现在,你怎么……"发财媳妇狠狠地在地上跺了一脚,说:"哼,原先是原先,现在是现在。"她狠狠地大吼一声,"你滚!别天天蹲在这里,丧了我富贵人家的体面!快滚!"

白蟒长长地叹了两口气:"唉——!唉——!"接着就慢慢地很艰难地爬出小房间,好不容易才爬到堂屋里。他龟缩成一团,口一张一合的,沾了许多白沫,实在口干了。白蟒连声向发财媳妇哀求说:"请你舀点儿冷水给我喝!请你舀点儿冷水给我喝!"发财媳妇虎着个脸,凶神恶煞地说:"看你屙在床边的那一堆，还要喝水？想喝水就滚到寨脚下去，那里有的是水，让你喝个饱。"白蟒说："我走不动了，我走不动了呀……"

白蟒像死了一样，躺在发财媳妇家的堂屋里。发财媳妇心里更怨恨了，她每走过堂屋一回，就用脚狠狠地踢白蟒一回，每踢一回，白蟒就哼一声"哎哟——"发财媳妇踢蟒蛇踢了九十九天，把蟒蛇踢了九十九个洞，血流了一地。发财媳妇想把白蟒踢死。可是，尽管发财媳妇这般虐待和整治，白蟒还是不死，也走不了。发财媳妇就提来一把刀，狠狠地朝蟒蛇砍去，砍了一刀，两刀，三刀，四刀，五刀，砍到第九十九刀的时候，白蟒突然呼啦一闪，变成一条凶猛的大蟒蛇，把发财媳妇紧紧地缠住，叫她跑也跑不脱，死也死不了。

这时，发财媳妇家的白米、白面一天一天地流出门去了，金银财宝一天一天地流出门去了，牛马猪羊一天一天地跑出圈去了……家里空空落落的了，家里的人也一天一天地病死啦。唯独发财媳妇被蟒蛇紧紧地缠着，有气无力地哭喊着："哎哟——哎哟——"

毛　鹰　搜集整理

海水为啥是咸的

大伙儿都知道海水是咸的，人吃的盐大部分是海里头出来的。可是，你要问海水为啥是咸的，知道的人就不多了。这里面还有个有趣的故事哩！

早先，在海水还没有变咸的时候，东海边上住着这么哥儿俩。这哥儿俩是哥哥坏、弟弟好。要问哥哥咋坏呀？他娶了媳妇就忘了自个儿是打哪儿生出来的。阿妈妮不要了，弟弟也不要了，都一起撵了出去。好在弟弟心眼儿好，靠要饭、打柴把可怜的阿妈妮养活起来。

他们没有房子，没有地，常常没有吃的，日子过得很苦。这天，眼瞧着快要饿死的阿妈妮，儿子再也坐不住了。他想去找哥哥要点儿吃的，又想到前几回哥哥不但没给，还把他给揍了一顿，就打消了这个念头。那就去讨饭吧，可是周围村子都叫他讨遍了，穷人家里也是没吃的，富人家里有吃的也不肯给，又上哪儿去讨呢？弟弟寻思来寻思去，最后还是背着背架子，朝大山里走去。他想打点儿柴去卖，换点儿米来给阿妈妮做点儿饭吃。

弟弟在半道上还真碰到好运气了。啥好运气呢？弟弟正走着，忽然，从立陡的石砬子上摔下来一只狍子，正好掉在他跟前，伸巴伸巴腿儿，不动弹了。弟弟上前一看，这狍子已经摔死了。

"这回阿妈妮可有救了！"

弟弟刚想把死狍子背走，又一寻思：这狍子要是哪个猎人撵下来的，那该归人家呀！我怎么能拿现成的呢？他就放下狍子，左右寻摸，等着别人来取。可是坐在那儿等了老半天，也没有人来找，他这才背起狍子往家走。

弟弟一边走一边寻思：阿妈妮哟，阿妈妮，今天您老人家可真有口福，我回去一定给您做碗鲜美的狍子肉汤，再换点儿米回来，给您做顿喷香的大米饭吃。

弟弟走着走着，忽然打路边传来一阵呻吟声：

"唉古，唉古，饿死我了！饿死我了！好心的人呀，快给我点儿吃的吧！"

弟弟赶忙跑过去一瞅，原来是个白发苍苍的老奶奶躺在路上，眼看就要饿死了。

他这下可为难了，是先顾这个老奶奶呢，还是赶回去救自个儿的阿妈妮呢？

弟弟想：别人的老奶奶也就是我的奶奶，还是先救眼前的老奶奶要紧！他这么寻思着，赶忙捡了些干柴点起火，又劈下狍子一条后腿烤了起来。

听那"吱啦、吱啦"一阵响声，狍子肉烤好了。弟弟已经饿了好几天了，那喷香的烤狍子肉味儿钻进他的鼻孔里，嘴里的哈喇子就直往下淌，肚儿里的肠子也直翻腾。可是弟弟一口没动，撕下烤肉去喂那老奶奶。

那老奶奶大口地嚼啊，嚼啊，半拉狍子大腿下了肚儿，也就睁开了眼睛，问开了："你是什么人哪？"

"老奶奶，我是住在山下的穷人。"

"你到这儿来做什么呀？"

弟弟就把实情都告诉了她。

老奶奶又问他："那你不顾自个儿的阿妈妮，救我这个没用的人干啥？"

小伙子说："人家的老奶奶就是我的奶奶，看到人快要饿死了，我怎能撂下不管呢？"

老奶奶听了点点头说："果真是个好小伙子，这么善良的人是不该受苦受穷的呀！"

老奶奶说着，从怀里掏出一盘手巴掌大的小石磨和一只大蚂蚁，交给小伙子说："这回你可算穷到头了！你只要套上这只蚂蚁让它拉磨，让它出啥它就出啥，快快拿回家去吧！"

海水为啥是咸的

老奶奶说完就没影儿了。弟弟觉得好生奇怪,揣起石磨和蚂蚁就回家了。

到家一看,阿妈妮就要咽气了。他赶忙割下一块狍子肉炖上,又掏出小石磨,套上大蚂蚁,说了声"出大米"!眼瞅着那雪白的大米"唰啦、唰啦"一个劲儿地从石磨里往外流。弟弟赶忙用这大米煮了一碗稀粥。

阿妈妮吃了稀粥和狍子肉,慢慢打起了精神,睁开眼睛问儿子:"孩子,这米和肉是从哪儿弄来的呀?"

弟弟就怎么来怎么去地把实情告诉了阿妈妮。阿妈妮听了乐呵呵地说:"这都是你待阿妈妮的一片孝心得到的好报哇!快把小磨拿过来给我看看。"

弟弟又把大蚂蚁套上让它拉磨。说声"出米",雪白的大米就"唰啦、唰啦"一个劲儿地往外流。说声"出钱",金钱、银钱就"哗啦、哗啦"一个劲儿地往外蹦。

你想,庄稼人过日子,有了米有了钱,还能缺啥呢?啥也不缺。这母子俩有了这神奇的小磨,不但自个儿家富裕起来,周围的穷人也都得到了救济。

俗话说:话儿没脚跑千里呀!弟弟得到小磨的消息很快就传扬出去了。哥哥也长着两只耳朵,他又不是聋子,他能听不见?

哥哥一听见消息,麻溜儿地就跑到弟弟家来了。他开门也不问声阿妈妮好,劈头就问:"弟弟呢?"

阿妈妮告诉他:"有事儿出门儿去了!"

哥哥又着急忙慌地问:"那小石磨和蚂蚁呢?"

阿妈妮就告诉他:"在那柜子里呢。"

贪心的哥哥打开柜门,掏出小石磨和蚂蚁就要走。

阿妈妮说:"孩子,你就算要拿走也得等你弟弟回来呀!"

哥哥连头都没回,连声儿都没吱就走了。

哥哥这下可逮着好宝贝喽!两口子套上大蚂蚁就让它拉磨,一拉就是一宿,一会儿让它出米,一会儿让它出钱。

米多得屋子里都盛不下了,钱多得撂都没地方撂了。按说这就该满足了吧?不!凡是那些坏心眼儿的人,他的贪心没有满足的时候。

这两口子一看这小磨这么神奇灵验,就生出了坏主意。小两口一商量说:"有了这小石磨就啥都有了。干脆!咱们拿着弟弟的小石磨蹽吧!"

这两口子说蹽就蹽,一直奔东海边上走去。

要过海逃得远远的,得有一只船呀!哥哥套上大蚂蚁,说声"出船"!

小石磨果然磨出一条小船来,眼瞅着就变大了。两口子坐上小船就在海上漂哇,漂哇。漂了大半天,他们觉得肚子饿了。哥哥就套上大蚂蚁，说声出肉就出肉，说声出酒就出酒。

两口子喝了一杯酒，是好酒。两口子吃了一块肉，是块淡肉，没盐味。哥哥就说了声："出盐来！"

那小石磨"哧溜、哧溜""唰啦、唰啦"，那咸盐出起来没个完。

小两口着急了，赶忙喊："够了，够了！别出了，别出了！"

可是，小石磨还是"哧溜、哧溜"转个不停，咸盐还是"唰啦、唰啦"出个没完，一会儿就把船压沉底了。小两口子被海水淹死了，变成了鱼食儿。

传说现在这盘小石磨还在大海里转呢！不信你尝尝海水，准保是咸的。这是因为那只蚂蚁拉的小石磨还在出咸盐呢！

裴永镇　搜集整理

少年和国王

在很早很早以前,传说在这么一个村子里,住着一个十五岁的少年。他过早地失去了父亲,每天和母亲相依为命,过着穷困的生活。

腊月三十儿这天,少年和往常一样,上山打完柴,背着柴火来到山下,在一个背风处,放下了背架子打算歇歇腿。他早晨喝了一碗稀粥,这时,肚子又饿得咕咕叫,坐在那里,便昏沉沉地打了一个盹儿。

过了一阵子,少年被一阵窸窣声惊醒,睁眼一看是一位白发苍苍的老人,站在面前正凝望着自己。少年急忙起身问道:"老人家,你为什么来到这荒山野岭之中?"

老人捋了捋胡须,微笑着问道:"别人家的孩子都高高兴兴地欢度腊月三十儿,你为什么上山来打柴呢?"

"我家就母子二人,十分贫寒,我一年到头总是这样打柴。"

老人抚摸着少年的脑袋说:"好孩子,我会帮助你的。"

少年还没来得及说声感谢的话,那老人就消失在茫茫白雾中了。

从那以后,少年每天还是照常上山打柴。不知不觉又到了第二年的腊月三十儿,少年和往常一样,拿着镰刀离开了家。到了半山腰,他放下背架,正想打柴,忽听前边传来了说话声。少年悄悄地溜到前面望了望,见山坳处有三个男孩儿守着一个红包袱,正在争吵着。少年走上前去问道:"你们争吵什么呀?"

孩子们齐声答道:"我们在为父亲留下来的这件宝物争吵呢!"

少年问是什么宝物,他们就解开包袱,拿出一件钉有三个扣子的羽毛坎肩儿,对少年说,穿上它就能在蓝天中飞翔。三个孩子见少年穿得破衣烂衫的,为人又厚道诚实,其中一个孩子就说:"我们别为了这件衣裳伤了兄弟的和气,我看这位大哥挺可怜的,莫不如做个人情送给他吧!"那两个孩子听了连连点头称是。少年说啥也不愿白要人家的东西,可是架不住三个小孩儿使劲儿地劝说,他只好接受下来。三个孩子还把羽毛坎肩儿的使用办法告诉了少年。

说也怪,只一眨眼的工夫,三个孩子就无影无踪了。少年这才想起去年的今天,白发老人说会帮助他的那码子事。

少年把羽毛坎肩儿穿上了。按照孩子们指点的那样,先把下边的扣子扣上,这时就觉得两腿起了空;他又把第二个扣子扣好,身子就腾空飞到了云层;他把第三个扣子扣完,两只胳膊张开,果真自由自在地飞翔起来。从空中鸟瞰下面,那景致可真美啊!有伸向远方的重重叠叠的山脉,有坐落在纵横的沟壑之间的大小村庄。

不知飞了多久,眼看一轮红日衔山,少年把上边的扣子打开,身子顿时就停止了飞行;接着又打开第二个扣子,身子轻轻地往下落;等打开最后一个扣子时,两腿稳稳当当地站到地面上。少年高兴极了,急忙挥起镰刀打了一背架柴火,就回到了家。

从此,少年上山打柴,总要偷偷地飞行一次。不久,这事儿便在全村传开了,传来传去,传到了京城,最后传到了国王的耳朵里。

这位贪婪的国王时刻想要把世上的一切宝物据为己有,他听说了此事,哈剌子淌出半尺长,马上命令少年把羽毛坎肩儿献上来。

国王选了一个黄道吉日,让少年速去京城。少年不敢违抗圣旨,只好打点一下,飞往京城。国王把臣子们派到离京城几十里以外的道旁恭候,去迎接羽毛坎肩儿。可是,还没等他们动身,少年已经翩翩飞来,在宫殿前着了地。国王见此情景,高兴得不知如何是好。

牧人与雪鸡

少年和国王

少年问国王:"国王,你估量我有多大岁数?"国王阴沉着脸说:"你是个孩娃子,怎敢朝我问多大岁数呢?"少年说:"实话对你说,小人要比国王的年岁大得多。"国王说:"你怎么敢这样胡说呢?"少年说:"小人今年一百零五岁了。"国王说:"这是不可能的。"

少年拍拍羽毛坎肩儿说:"这件羽毛坎肩儿是我家祖辈传下来的宝物,穿一次飞上天,就年轻十岁。因为我穿上它飞过许多次了,所以像我这样早该入土的百岁高龄的老人居然变成了少年。"

原来国王最担心的是衰老病亡,为了能够长生不老,他曾经想尽办法到各处寻找药物,但总也没能找到。今天却轻易地得到了能使自己长生不老的羽毛坎肩儿,他怎能抑制住内心的高兴?他的心别提有多么焦急了,恨不能马上就飞到天上。

国王穿上了羽毛坎肩儿,文武百官排成一列,既是欢送国王上天,又是庆贺国王得宝。国王把坎肩儿下面的扣子扣上,两条腿果然就离开了地面。

国王大声豪气地喊道:"我要活到千万年,直到天塌地陷!"当他扣上第二个扣子时,身子就轻飘飘地飞上云端。国王又哈哈大笑道:"我要比神仙活得更长久!"接着,他就把第三个扣子扣上了,他的两只胳膊张开了,在空中遨游起来。整整飞了一天,后来肚子饿了,想要着地吃点儿饭,可是怎么也下不了地。这是因为少年没有告诉他下来的方法。国王在宫殿上空飞来飞去,就是下不来。

这时,少年大笑道:"国王,你快面向苍天求雨!只有坎肩儿上的羽毛被雨水打湿了你才能落到地上。"

于是,国王就不断地呼喊着:"雨啊,快下吧!雨啊,快下吧!"嗓子喊破了,也没落下一滴雨。

国王一连喊了几天几夜,累得筋疲力尽,两只胳膊渐渐变成蒲扇形,成了老雕的两只大翅膀,两条腿肌肉萎缩,腿骨缩小,渐渐变成了老雕的两只爪子。

国王变成了老雕以后,在空中一直飞来飞去,总是盼望着下雨,每日朝天喊着:"雨啊!雨啊!"如果你不相信的话,可以看看老雕的胸脯和脊背,那羽毛又细又软,用它做坎肩儿穿在身上,一定会暖烘烘的。

南周吉　搜集整理

织布格格

　　早先年，我们满族不会织布。穿什么呢？夏天，把鹿皮的毛都去掉，做成薄薄的坎肩儿，或是做成叫窝楞袋的上褂，就穿这个。顶好的人家，就在皮子边儿上镶点布边儿，也有镶点缎子边儿的，这就觉着挺好了。要问满族的织布手艺是怎么来的，据老人说，是织布格格留下的。

　　相传在长白山北边，离长白山约莫一百多里的地方，有一个小部落。小部落里有一个老太太。这个老太太呀，一辈子就爱养活喜鹊。在她的院子里，常常落满喜鹊。哪个喜鹊身子上有块伤，她就像侍弄自己孩子似的给他治病。一来二去，喜鹊们就喜爱上这老太太了。

　　日子长了，老太太给这些喜鹊起了些名儿。有两只小喜鹊，是老太太最喜爱的，她就给这大喜鹊起名儿叫三音伊尔哈，就是好看的花儿的意思。给这小喜鹊起名儿叫都龙哈，就是精明伶俐的意思。

　　这小喜鹊都龙哈一天除了吃食儿，就光玩儿。这大喜鹊除了吃食儿,还房前房后走一走,屋里屋外看一看。老太太说:"好哇,三音伊尔哈是我的大姑娘,都龙哈是我的二姑娘。你们姐妹俩在这儿好好待着吧!"

老太太出门的时候,就告诉两只喜鹊:"我要走了,你们俩看家吧!"哎,这两只喜鹊也不飞走,就给老太太看家。老太太家里要来人了,两只喜鹊就飞出去挺老远,招呼老太太。老太太看见三音伊尔哈和都龙哈来招呼她,打心眼儿里高兴:"你看看,我的姑娘们又招呼我了,我得回去了!"就这样,大喜鹊三音伊尔哈和小喜鹊都龙哈跟老太太一起过日子,十分和好。

赶到这年冬天,这两只喜鹊飞走了。飞走了好长时间也不回来,老太太挺想这两只喜鹊,她天天叨咕:"三音伊尔哈呀,都龙哈呀,你们怎么不回来了呢?"想一天、两天,想一个月、两个月,想三个月、四个月,一晃到第二年秋天了,老太太身子骨不太硬实,行动也不方便了,心里话:"我这孤身一人,没儿没女的老婆子,可怎么过呀……"

冬天了,老太太一个劲儿咳嗽气喘,起不了炕,出不了屋。就在这个时候,从外头进来两个姑娘,一个高个儿姑娘,一个矮个儿姑娘。满族的姑娘没有扎围脖的,可这两个姑娘,一人扎一条白围脖。两个姑娘到老太太跟前深深地请个安,说:"老额娘啊,你好哇!"老太太一看,说:"我不认识你们俩呀！"姑娘们说："我们是远道来的。我们的额娘说了，让我们认你老当干妈，我们找了半天才找着你老。"说完，这两个姑娘趴地下就磕头，认这老太太做干妈。老太太乐的呀，眼泪都掉下来了。

这两个姑娘真像到了自个儿家似的。说也怪，你看这大姑娘啊，对老太太家的事儿，可熟悉了。家里用的东西、吃的东西搁在哪儿，也都知道，不用老太太操心。这小姑娘呢，也像在自个儿家长大似的，整天价乐呵呵的，又跳又蹦。大姑娘、二姑娘对院子里这些喜鹊也爱的跟什么似的，比老太太还管得好。过去，喜鹊可着部落乱飞，可着街拉些个喜鹊粪。自从姑娘们一来，喜鹊们不到处乱飞了，也不满街拉粪了。喜鹊们全听大姑娘、二姑娘的话。老太太一看，高兴得不知说什么是好。

第二年春天，姑娘们把老太太的病伺候好了，就对老太太说："额娘啊，咱们的日子这么过也不太好哇！"老太太说："怎么了？你们看那有什么招儿哇？"姑娘们说："我们有个招儿。我们俩会织布，织出来这布，除了咱们穿的，还可以到街上去卖。"老太太说："哎哟，我可听人家说，那些汉人都穿布。我们不会织布，只得穿皮。你们不知道吗？我们满族男的，穿什么皮长大的，就叫什么皮。"

一天，姑娘们单收拾好了一个屋，就跟老太太说："额娘啊，我们俩就要织布了，可有一样，我们俩织布的时候，你老别看。我们好好织，织完了，你就去换钱去。"老太太说："好，我不看。"姑娘们把门一关，在屋里大声说："明儿个巳时，你老就去卖布啊！"

第二天巳时，两个姑娘出来了。她们累得一点劲儿也没有了。织好的两匹布纹缕又均匀，又好看。她们说："你老拿出去卖一匹，咱们留一匹自己穿。"老太太高高兴兴地卖布去了。

老太太卖布的事，叫这地方最大的官贝勒大人知道了。贝勒一看，"哟，这布织得好哇，比那汉人织的布强多了！你要多少钱？"老太太说出了银子的数量。贝勒说："行！"就买了。贝勒问："还有吗？"老太太说："明儿个还有。"就这样，俩姑娘连着织了三天，卖了三匹布，挣了不少银子。

这天，姑娘们说了："老额娘啊，有一件事儿告诉你，无论谁问，你可别说是我俩织的，你就说是你织的。"头一天，老太太照这么说了。第二天，老太太也照这么说了。第三天，老太太架不住人家夸呀，心里话，我有两个姑娘，为啥要藏着掖着呢？就说了实话了。老太太说："实不相瞒哪，我有两个格格。这布是我那大格格、二格格织的。"

贝勒听了，说："噢，好，好，我去看看去！"说去就去了。到那儿一看，这两个姑娘长得可真好看哪！贝勒都看傻眼了,他对老太太说:"好,明儿个送进贝勒府,到那儿给我织布去!把你老也领进去,到府里吃香的喝辣的!"

贝勒走了,两个姑娘埋怨老太太:"额娘啊,不是不让你说,你怎么就说了呢?"老太太也后悔了,掉泪了。那时候,贝勒说一句话,你敢不听吗?就这样,贝勒把娘儿仨逼到贝勒府去了,死逼着两个姑娘给织布。贝勒说:"你们要给我织出三十匹布,我就把你们娘儿仨放回去。你们若是织不出三十匹布,我就不放你们!"没办法,两个姑娘你瞅瞅我,我瞅瞅你,说:"好吧,我们给你织。"就这样,两个姑娘开始给贝勒织布。

姑娘织布的时候,贝勒就派兵在门外看守着。有一天,贝勒心想:"她们俩怎么能织出这么好的布呢?我晚上看看去。"到晚上,贝勒来到织布屋子的窗户底下。他用舌头舔开窗户纸,往里一看,哎呀!灯光下面,两个姑娘,赤条精光的,一点儿衣裳也没穿。只见她俩,你咬我的身上,我咬你的身上,就这么来回咬哇,咬出的根根细纱,就往织布机上织,咬哇,咬哇,咬得两个姑娘直掉眼泪。贝勒一看这两个赤身露体的好看姑娘,就产生了邪念:哎呀,我要她俩当我的福晋,该有多好哇!贝勒越看越出神,不知不觉大声喊道:"不用织了!你俩都给我当福晋吧!"吓得两个赤身露体的姑娘,"叭"的一声,就把织布梭子撂下了!俩姑娘撂

织布格格

下了梭子,再想穿衣裳,穿不上了,当时就晕倒了。

贝勒赶紧喊:"来来来,把她俩给我拖出来,赶紧给我将养好!"管事的把两个姑娘搁到另一个屋子里将养起来。到三天头上,老额娘来看她们了。额娘一见俩姑娘这样,眼泪成串成串地往下掉,她说:"是我害了你们俩!"姑娘说:"老额娘啊,你不用哭了,我们俩不能老待在这儿,我们就要走了。我们没什么给你的,请你到织布那屋去,那儿有三撮羽毛,你把那三撮羽毛拿回家绑在织布机的绳子上,再用我俩织的布把三撮羽毛盖上,管保每三天给你出一匹布,老额娘啊,你别管我俩了,我俩是不行了!"老太太拽着俩姑娘哭得说不出一句话来。

姑娘们又说:"实不相瞒哪,我们两个就是你的大姑娘三音伊尔哈和二姑娘都龙哈。那三撮羽毛就是我们的衣裳,让坏蛋贝勒这么一惊,穿不上了。我俩只好回家让阿玛、额娘再给我们穿新衣裳了。"

姑娘们说完,贝勒进来了,他刚扑上前来,只见两个姑娘这么一扎撒手,就出来一股烟儿,立时把老贝勒的眼睛呛瞎了,人也昏过去了。两个姑娘就从窗户一个一个地飞走了。

相传老额娘把这个织布的手艺留给了后世。在这一带还流传着一支歌颂织布格格的歌儿:

都龙哈那么哟咿儿哟,
伊尔哈那么哟咿儿哟,
飞呀,飞呀,净身飞呀,
织出布来哟,光又滑呀!

　　　　　　王士媛　搜集整理

秃子王爷府

从前有一位老太太，一辈子生了好几个小孩儿，可是一个也没有活了。因为王爷见她身强力壮，奶水足，王爷每得一个儿子，就把她召到府里给自己的儿子当奶妈。就这样，王爷的儿子一个个地长大了，可是老太太自己的孩子呢？却一个一个地饿死了。老太太一年年地老了，老伴儿也死了，只好到王爷家里当老妈子。

王爷有十个儿子，都是吃老太太的奶水长大的。他们每人脑后都拖着一条大黑辫子，又黑又亮。这十个儿子长大后，有的当文官，有的当武官，都神气得不得了。有的出门骑马，有的出门坐轿，可是就没有一个儿子惦记着老太太的好处。老太太每天在王府里刷碗、扫地、洗衣服，累得腰酸腿疼。

有一天，老太太正在后花园扫地，忽然有一只喜鹊在老太太头上来回飞，喳喳喳地叫着，老太太抬头一看，喜鹊一张嘴，吐出来一颗葫芦籽儿，落在老太太跟前。老太太拾起这颗葫芦籽儿，把它种在了路边的花池子里，还搭了架子。

过了几天，这颗葫芦籽儿发芽了，越长越高，叶子铺满了葫芦架，可是叶子虽长得多，花儿却只开了一朵。老太太也不管这些，照常给葫芦浇水，慢慢地在这朵花上结了个小葫芦。老太太每天都来看一看这个小葫芦，越看越喜欢。

有一次，当武官的大少爷到后花园来游逛，看到这棵葫芦就动起火来，他命令道："这棵葫芦占这么大的地儿，赶快给我刨了！"老太太一听说要刨葫芦，急得跪在大少爷面前说："大少爷，看在我的面上，就留下这么一棵葫芦吧，等葫芦长熟了再刨也不迟。"不等老太太说完，大少爷伸手一把就揪下了那个小葫芦，用劲儿向老太太脸上扔去，正打在老太太的脑袋上，鲜血顺着脑门儿流下来，老太太也昏过去了。

待了半天，老太太才醒过来。她抬起头一看，人也没了，葫芦秧也被连根刨了，只有一个沾了血的葫芦扔在地上。老太太拿起这个小葫芦心里就难受起来：年轻的时候用奶水养活了王府十个少爷，自己的儿子却被饿死了。现在老了，种了这么一棵葫芦，结果又被大少爷给刨了，难道自己连一棵葫芦都养活不了吗？老太太拿起这个葫芦，眼泪就流出来了："葫芦儿啊葫芦儿，你怎么也这么命短哪？"

老太太哭着哭着，想起了自己死去的儿子，于是就用地上的泥捏了个小孩儿。老太太捏了小孩儿的胳膊、小孩儿的腿，又把那个小葫芦插在身子上当脑袋。老太太在葫芦上画了鼻子、眼睛，还用血涂了红脸蛋，然后把这个小葫芦孩儿就放在树杈上了。

这个小葫芦孩儿在树杈上白天经太阳晒，夜里受月亮照，在一个大月亮天里，这个小葫芦孩儿真活啦！他伸了伸胳膊，踢了踢腿，打了个哈欠就在树上爬来爬去。这时天已经凉了，秋风一吹，小葫芦孩儿就觉得身上冷，尤其是脑袋上，一根毛也没有，冷得厉害。他就用那个葫芦脑袋撞树干："冷死我喽！"邦，邦，邦！"冻死我喽！"邦，邦，邦！

小葫芦孩儿这么一折腾，整个王府里都听得见。大少爷、二少爷、三少爷……十个少爷带着听差的都跑了出来，在花园里找哇，找哇，连个人影也找不着。可是他们刚回到屋里，就又听到花园里头有人喊："冷死我喽！"邦，邦，邦！吓得十个少爷都睡不着觉。

小葫芦孩儿的喊声也惊动了老太太，她趁夜深人静，到花园里去看是怎么回事。她刚来到那棵桃树下，一个光屁股的小孩儿就由树上跳下来，扑到她的怀里。老太太一看，原来是小葫芦孩儿。小葫芦孩儿叫着："额娘给我穿衣服，额娘给我梳辫子！"老太太高兴得不知说什么好，忙说："好！好！额娘给你穿衣服，额娘给你梳辫子！"

老太太有了葫芦娃，屋里有人跟她说话了。

禿子王爺府

大少爷听说老太太有了葫芦娃，气得两眼火星直冒，带着听差的闯进老太太的房子，一把就抓起了葫芦娃。

老太太说："大少爷，我一辈子无儿无女，可怜可怜我，就让我收留这个孩子吧！"

大少爷说："这是妖精！必须用火烧，不除妖精，王府怎么能太平！"

大少爷让听差的在院子里马上堆起柴火，点起大火。不管老太太怎么求饶，葫芦孩儿怎么哭喊，大少爷还是把葫芦孩儿一下子扔到火堆里了。葫芦孩儿一到火堆里，小葫芦噼里啪啦地就裂开了。忽然，一颗葫芦籽儿冒着烟由火里头蹦了出来，"唰"地一下，迎面钻到了老太太的怀里，老太太仰面朝天倒了下去。别的老妈子七手八脚地将老太太扶起来，这时，大伙都惊呆了，你猜怎么回事？老太太花白的头发全变黑了，眼睛也亮了，背也直了，脸上的皱纹也都没了，起码年轻了三十岁！

大伙正在吃惊，忽然火堆里又"嗖"的一声蹦出一颗葫芦籽儿，不当不正落在大少爷的脑袋上。大少爷头上的大红顶帽子一下着了火，连头发也烧光了，成了一个大秃瓢儿！正在这时，从火堆里接二连三地往外蹦葫芦籽儿，跳到谁的头上谁就烧得满脑袋泡。一会儿，十个少爷脑袋上的满头黑发全烧光了。

大少爷不但成了秃子，脑袋还一个劲儿地疼。他跑到屋子里对着镜子这么一看，都快吓傻了，由脖子到头顶，一根毛没有，连眉毛、胡子也全烧光了。这个样子怎么上朝去见皇上呢？急得他"唉呀"一声倒在地上，不省人事了。

以后人们就管这家叫秃子王爷府。

赵　书　搜集整理